新版 波浮の港

HABU no MINATO

秋廣道郎

Michio Akihiro

花伝社

波浮の港の沖堤防から港と二子山を望む　飯野守夫・画

見晴台から港を遠望　飯野守夫・画

波浮の港全景

三男 亮治
私
次男 英郎
長男 明彦
次女 悳子
長女 紀子
母 ひろ子

私
次男 英郎
三男 亮治
次女 悳子
長男 明彦
母 ひろ子
長女 紀子
長女 吏美
長男 純一
次男 和哉

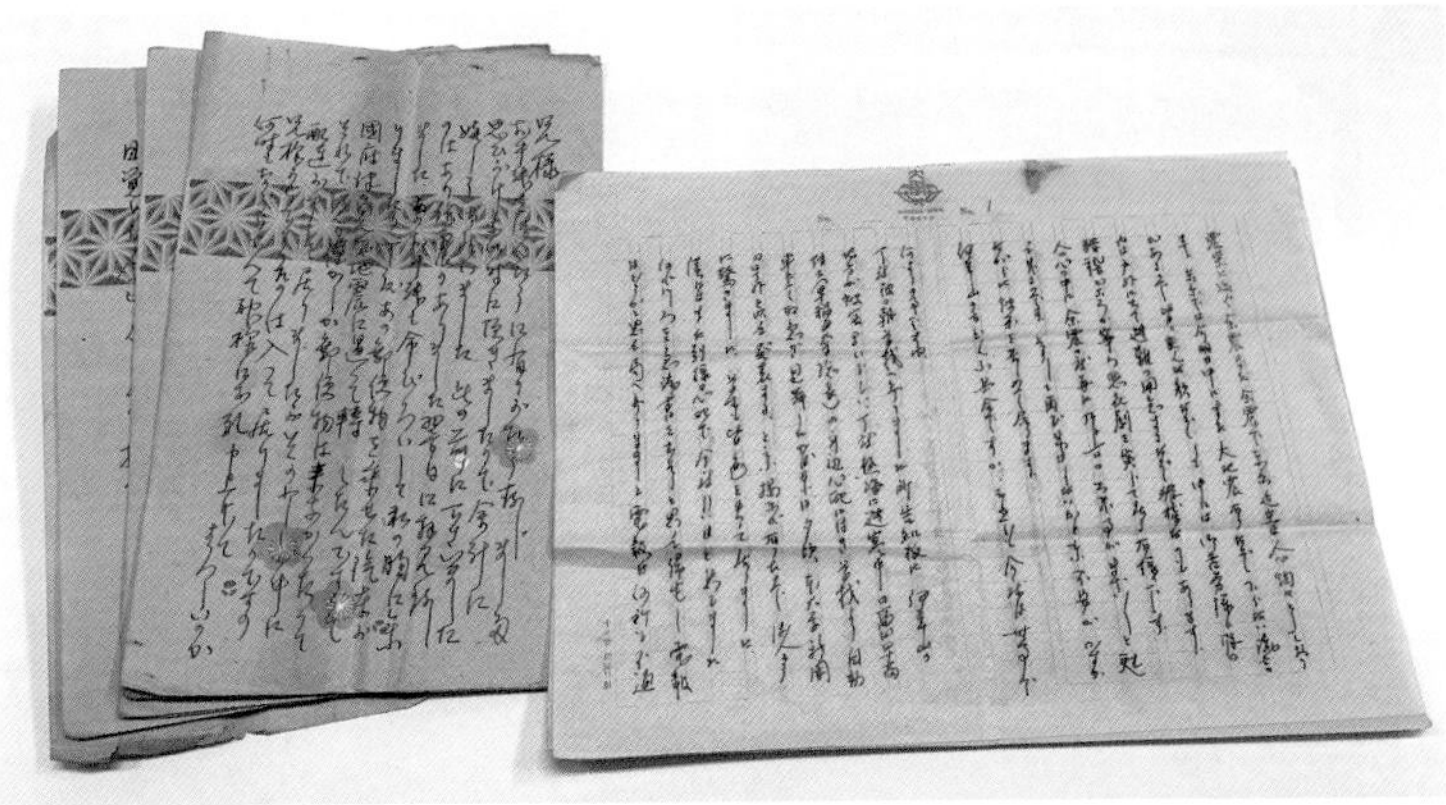

父母の往復書簡、本文中で引用した手紙

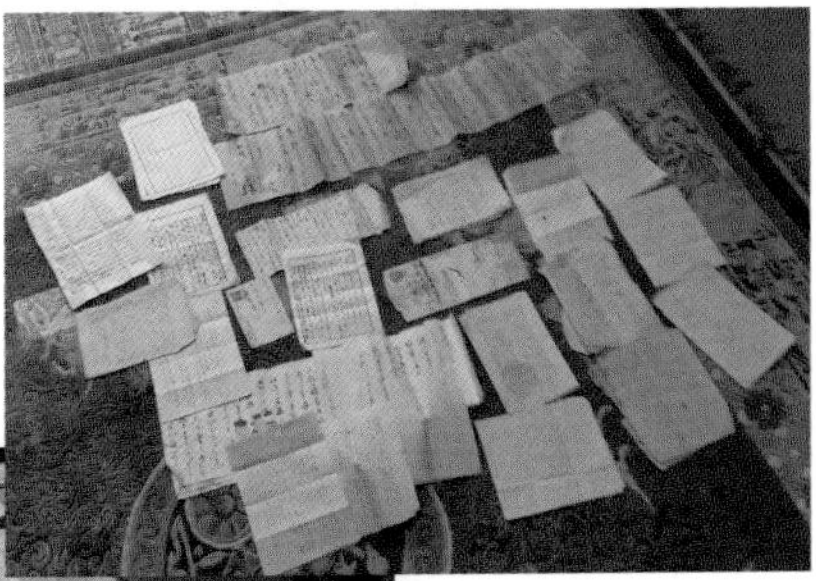

父母の往復書簡

7歳のとき

5歳のとき

私と平六像

見晴台の平六像

案内図

Guide chart

新版　波浮の港◆目　次

I　波浮《はぶ》の港の思い出――子どもたちは見ている

目次

II　私の平六伝

目　次

I

波浮《はぶ》の港の思い出——子どもたちは見ている

NHK・BSのブックレビューの児玉清氏司会の番組で『こどもたちは知っている』という本（著者・野崎歓・春秋社）が紹介された。その中で、野崎歓氏の「一流の文豪の小説（ヴィクトル・ユゴーのレ・ミゼラブル、ドストエフスキーのカラマーゾフの兄弟、サン＝テグジュペリの星の王子様、トム・ソーヤーの冒険……）等で『子供たちをどのように描いたか。そして、その子供に何を託したか』という視点で改めて大作の小説を読み直す」という指摘に、私は大変啓発された。これは、文豪たちは、子どもに託して、何を言わせようとしたか、即ち、文豪は、子どもの目を通じて社会や人の有り様を描いているという指摘と思われるのである。

しかし、私は、幼い子であっても、いや、寧ろ幼い子であるからこそ、社会や人の有り様を鋭く見ていると常々感じていたので、この野崎歓氏の指摘に大いに啓発されたのである。このブックレビューという番組は、私に何か啓示のようなものを与えてくれた。それは、「お前は、波浮の港の子ども時代の貴重な体験を書きなさい」というものである。そして、私が子ども時代に何を見ていたか、何を感じていたかという、この私的な文章を書く動機となった。

私は、伊豆大島波浮の港に生まれ、中学校を卒業するまで、波浮の村で生活した。私は、

波浮の港

一介の弁護士に過ぎないが、波浮小学校、波浮中学校を卒業し、その後、都立日比谷高校、東京大学法学部を経て、衆議院法制局に勤務し、働きながら、司法試験に合格し、その後、約五〇年間弁護士として働いている。

私が曲がりなりにも、この大東京で弁護士として働き、生活できるのは、私の幼年、少年時代の波浮の村の生活、経験があったからではないかと最近とみに思うようになった。それが、この私の子ども時代のささやかな、つたない経験を書く気になった要因である。

第1章　父の死に立ち会う

父の臨終

亮治兄さんと相撲していた時、母親の叫びにも似た「お父さん、お父さん、お父さん」と言う声に、自宅の父親の病室となっていた板の間の部屋のベッドを見た。真っ赤な血が洗面器に大量に吐き出されるのが見えた。これが父の臨終であった。不思議な出来事を見ているようで、特に、悲しいとか、怖いとかいう感傷は不思議となかった。私が五歳と八ヶ月の八月一八日である。何故、哀しみや驚きという感情が起きなかったのだろうか。

父の葬儀

父の葬儀は、写真が残っているせいか、夏の炎天下で盛大に行われた様子は覚えている。皆、白い布を頭からかぶっていた。

通夜や葬式の日に、近所の人は、父を失った幼い私を哀れんで、「みっちゃん、可哀想ね」と来る人来る人いうので、それがたまらなく厭だった。それで、史郎ちゃん、六《むっ》ちゃんを連れて、お葬式の日に波浮の港へ泳ぎに行ってしまった。そしてひどく怒られた記憶が残っている。しかし、誰かは定かではないが、「みっちゃんも辛いのよ」と庇ってくれた人がいて、その言葉の優しさが今でも忘れられない。

牡蠣取り

父が長く自宅で療養していた頃、滋養を付ける為、牡蠣が一番いいと、大阪の叔父さん（母の弟で、シベリヤ帰りの優しい人だった）が言うので、波浮の港の製氷所の近くの岩から大きな釘で牡蠣を取りに行き、バケツにいれて、母に渡した記憶がある。子どもだからあまり多く取れなかったが、子どもながら父の回復を強く願っていたのだ。これを母がどのようにして父に食べさせたか記憶はない。

第2章　大阪の叔父さん

ミグ戦闘機とノルマ

大阪の叔父さんから教えられたことは沢山ある。大阪の叔父さんは、母の弟で、満州に出兵し、シベリヤに抑留された。多分、二等兵であったようだ。帰国したが、帰る実家は伊豆山（熱海の隣）にはすでになく、姉である母の嫁ぎ先の大島の波浮の港に身を寄せたのだった。

叔父さんからは、ミグ戦闘機の優れた性能を教えられ、史郎ちゃん六《むっ》ちゃんに得々と受け売りで話した記憶がある。叔父さんは、ノルマということを教えてくれた。私の家には、母屋、椿油製造工場、家畜小屋、屠殺場などがあり、牛、豚、めん羊、犬、猫、鶏などがいて、広い畑が屋敷の中にあった。

夏になると、「こうぶし」という根が縦横にはる雑草が畑一面にはびこり、この雑草取りは大人でも苦労するものだった。叔父さんは、畑に一坪ずつ線を引き、毎日一坪ずつ草取りをすると三〇日で一反ほどある畑の草を全部取ることが出来るというので、毎日一生懸命草取りをし、全部取りきったことがあった。私が四歳くらいの時だった。取り終わって、叔父さんや母から大変誉められたことを記憶している。

姉「悳子《とくこ》」の大やけど

叔父さんは、ある日突然、いなくなってしまった。母から聞いた話では、大阪の方で一旗揚げると言って出ていったということだった。それで、「大阪の叔父さん」というようになった。しかし、私には、叔父さんが突然出ていってしまったのには、思い当たることがあった。

それは、悲しい悲しい出来事だった。

我が屋の風呂は、当時ドラム缶にお湯を入れて入るものだった。私は姉の悳子《とくこ》と入っていたが、私が出たところ、大阪の叔父さんが、中にだれもいないと思い込み、熱湯をそそいだ。ドラム缶の陰にいた姉に熱湯がもろにかかり、姉の頭、顔、肩、背中はひどい火傷となった。姉は中学生の頃まで、いつも火傷の跡を隠すようにずっとスカーフをしていた。

姉の心の傷は勿論であるが、大阪の叔父さんの心はどのようであったろうか。子どもの私には、その叔父さんの衝撃は分からなかったが、その後、叔父さんが忽然といなくなってしまったことから、子ども心にも辛い思い出として残っている。

大阪の叔父さんの死

大阪で一旗揚げると言って、大島を出ていった叔父さんは、その後消息不明であった。母はいろいろ手を尽くしたようだったが、分からずじまいであった。

私が大学を卒業して、衆議院法制局に勤務していたときであった。突然、大阪のある役所から電話が母のところにあり、大阪の叔父さんが亡くなったとの連絡があった。私は、明彦《はるひこ》兄と一緒に大阪に駆けつけた。釜ヶ崎のとあるアパートの二階に既に荼毘に付された叔父さんの遺骨があった。壁には「雉も鳴かねば、撃たれまい」という言葉が額にしてあった。叔父さんの一人寂しく、しかも、だれにも迷惑をかけられないという決意が込められているこの言葉に、明彦《はるひこ》兄と一緒に泣いた。アパートの管理をしている叔母さんが優しい方で、「この方は、一度和歌山の方に行き、芸者を上げて宴会したことが楽しかったと何度も言っていましたよ」という言葉にすこし慰められた。

第3章　父の回想

父の泥酔

父は、波浮港の「浮月」（波浮港で一番の料亭）でよく飲んでいたようである。ある日、亮治兄が、「浮月」のある港から、父を背負って「上《うえ》の山」の自宅まで運んで来た。自宅に着くや、父は、大声で「ひろこ、ひろこ」と叫んでいた。母は未だ四歳頃の私を抱え、お風呂場に必死に逃げ込んだことを鮮明に記憶している。母の身体から、母の「畏れ、哀しみ」を感じた。父は、何故、これまで泥酔するのか？

どこに、父の深い心の傷があったのか。

父を背負って三〇〇段もある階段を登る一一歳くらいの亮治兄の哀しみはどのようなものであったろうか。

父との旅行

父とは、私が五歳の時、大島元町港から伊東へ、そして、真鶴へ、それから列車で義之叔父さんのいる調布へ行った。その後、父の大学時代の友人（一人は学者、一人は警察官）を訪ねた記憶が未だ残っている。当時は、外国旅行に匹敵する大旅行だったと思う。

伊東では、旅館にお風呂が沢山あったこと、父は夜になると一人で出かけ、私は、旅館の女中さんに相手をして貰っていた。父は夜どこに行ったのだろうか。

真鶴では、水上進《すすむ》ちゃん（従兄弟で母の妹の一粒種）がいて、きれいな透き通った港の水が印象的であった。未だ、汚染はなかったのだろう。

調布では、野川のきれいな川で紀子姉さん達が洗濯している様子、少し泳いだ印象がある。牛乳配達で、トラックに乗せてもらい、今の新宿方面に行ったこと、置いて行かれるとトラックを追って大声で泣いて大人を困らせた記憶がある。余程、トラックが珍しく、遠くまで乗せてもらったことが楽しかったのだろう。これが、調布の「秋広牛乳」の思い出である。

大島にはない、「川」「柳のある池」の懐かしい幻影が大人となった今でも時々浮かぶ。どこだったのだろうか。

早稲田と思われるが、早稲田時代の父の友人の自宅を訪ね、泊まった記憶がある。年上の女の子がいて、一緒に遊んで貰った。父の存在感はなかった。

警視庁を訪ね、父が大学時代の友人と話している時、部屋の外の階段をうろうろしている間に迷子になり、不安になった鮮明な記憶がある。その後、車で波止場まで行った記憶と大きな鉄の橋を通った記憶がある。

父はこの頃、既に、肺結核が進行し、死期を感じていたのではないかと思う。何故、無理をおして、一番末子の私をこんな大旅行に連れていったのであろうか。この大旅行後、父は数ヶ月で他界した。

父の心

i　父の本当の経歴や心の遍歴は、正確には聞いていない。母や兄たちから聞いていることは、「父は、韮山中学卒業後、早稲田大学法学部に入学し、よく勉強したらしく、特待生で授業料は免除されていた。卒業後、安田財閥系の保険会社に入社したが、うまくいかず、退社し、その後、満鉄に入り、大連、ハルピンで、生活した。その頃は、母と長兄明彦《はるひこ》、次兄英郎、長姉紀子が一緒にいたという。三男の亮治は昭和一一年生まれであるから、その頃は、満鉄をやめ、波浮港に一家で帰って来ていた。その後、父は波浮の村長をやった時期もあり、それなりに、村人からは尊敬されていたようだが、同級生の飲み仲間からは、『一流大学を出ていながら、ろくに出世できず、大島に舞い戻ってきたこと』を揶揄され、飲むと荒れて、喧嘩していたようだったことなど」であった。

ii

特に、満鉄時代の生活は相当荒れていたようで、良平叔父さん（父の弟）は、「学生時代、修学旅行が朝鮮だったことから、祖父豊之輔に『博（父）が心配だから、大連まで行って見てきてくれ』と頼まれ、父を訪ねたことがあった。その頃の生活は、父が給与を家に入れず、母は、お米まで近所の方にお世話になるなど、大変な生活だったようだ。その報告を聞いた祖父は、すぐ、父一家を波浮に呼び戻した」という話をしてくれたことがあった。

一流の大学を卒業し、一流の会社に勤めながら途中退職し、心ならずも、波浮に呼び戻された父の心境は、まさに、挫折そのものだったと思う。私は小さい頃、早く死んでしまい、母を苦しめた父を深く恨んだことが続いたように思う。しかし、五〇歳を越えるころから、父親の見方が変わってきたように感じるのである。父の人生を評価しようとする気持ちが沸々と涌いてくるのである。

iii　母から聞いた話である。父は戦時中、村長をしていたが、波浮でも時々米軍の飛行機が来襲し、防空壕に避難することがあったそうである。その時、軍人が我先に防空壕に避難したことがあったという。それを見た父が、「民間人を守るべき軍人が島民を差し置いて、避難するとは何事か」と言って叱ったという。私はその話を母から聞いたのはいつ頃か忘れてしまったが、最近、このことを鮮明に思い出すのである。父の正義感、反骨精神の現れだったのではないか、父が昭和の戦争へと進む時代の時流にどのような気持ちでいたか、分からないではないという気持ちが涌いてくるのである。

iv　父は、戦後、波浮に駐留した米軍の軍人と、英語で会話していたという話も母から聞いた。終戦により時代が大きく変わる中で、米軍と親しく英語で話す父の姿を思い浮かべると、飲んだくれの父とはひと味違う人間が浮かび上がってくるのである。「時代が人を蝕む」という言葉があるかどうか知らないが、父は時代に蝕まれた純情な男だったのであろうか。

波浮の小学校の同級生で父を慕ってくれていた港屋旅館の女主人のおもんの叔母さんが、「博さんは飲むと歌が凄く巧かった」とうっとりした顔で言うのを聞いた時、父の温かい人間味を感じた。

第4章　史郎ちゃん、六《むっ》ちゃんの思い出

史郎ちゃんも六《むっ》ちゃんも、私の一級下の隣の子であり、中学生頃まで、無二の遊び友達であり、私の貴重な『子分』であった。

史郎ちゃんのあだ名は、「三原の史郎」である。何故このあだ名が付いたか。それは、史郎ちゃんは、いつも二本鼻を垂らしていた。三原山の溶岩は、いつも二本となって流れることから、私の長兄の明彦《はるひこ》（はるちゃん）が付けたあだ名であった。

六《むっ》ちゃんのあだ名は、「脱腸六《だっちょうむっ》」である。六《むっ》ちゃんは、興奮したり、又何かの拍子で、おちんちんの袋に腸が出てきてしまい、大きな袋をぶる下げてしまうことがよくあったからだった。今考えると、残酷なあだ名であるが、子どもはリアリティーを重んじる世界に生きており、極めて、残酷な一面があるようだ。六《むっ》ちゃんは、六年生となった頃、元町にある「藤井病院」で手術をして、脱腸が治ったことがあり、大いに皆で喜んだ記憶がある。

もく星号の墜落とその探索行

日航機のもく星号は、昭和二七年、私が小学校三年生で、史郎ちゃんと六《むっ》ちゃんが二年生の時、三原山の東南側の外輪山に墜落した。だれからどのように聞いたか覚えていないが、札束が散らかっている、ダイヤモンドも落ちているらしいとの噂を聞いて、私は、史郎ちゃん、六《むっ》ちゃんを連れて、一気に三原山に駆け上った。普通歩いて登山する時は、三時間程かかる道のりであるが、一時間ほどで駆け上った記憶がある。

登って墜落現場に着いて見ると、警察官が柵を作り、縄を巡らせて監視していた。ガソリンが燃えた後のようで、強い臭いがして、茶色に焼けこげた人の死体が転がっていた。スチュワーデスの死体と思われる女性の死体が、死後硬直し手をまっすぐ上に延ばしているのが強く眼に焼き付いている。札束やダイヤモンドなど、燃えて有るわけないのに、それをひたすら信じて、しかも、子分二人を連れて駆け上った意気込みは何だったのだろうか。貧しい子分達を金持ちにしてあげたいという幼い親分の心意気だったのだろうか。

一張羅を着た史郎ちゃん

六ちゃん　「今日は何して遊ぼうかな」

恋人美空ひばり

小学校の頃、昭和館という映画館が上の山の警察署の下、吉田病院の隣にあった。上映するときは、船乗りが多く入っていて、大入り満員のことが多かった。鞍馬天狗や美空ひばりの映画が多かった記憶がある。子どもにとって、美空ひばりは、大スターであるばかりでなく、心の恋人であった。

ある時、私の家から近い大畠の丘のところで、史郎ちゃんと六《むっ》ちゃんに、一番好きな女はだれだと問いかけたことがある。誰にも聞こえないから、大声でその女の人の名を叫んでご覧と親分気取りで二人に命令したことがあった。六《むっ》ちゃんは、大声で「美空ひばりが好きだ」「美空ひばりが好きだ」と叫んだ。

その時、六《むっ》ちゃんは、顔を真っ赤にしていたことが強く記憶に残っている。本当に六《むっ》ちゃんは、美空ひばりが好きだったのだ。

私は、誰が好きだったのか、思いは走馬燈のように走る。

太平洋とアメリカ

小さい頃、波浮の港の東側の入り口にある竜王崎の灯台のある丘（今は「鉄砲場」として整備されている）は、芝があって、スロープとなっていて、太平洋を眺めるには絶好の場所だった。船がゆっくり遠い水平線を動き、その彼方にアメリカがあるんだなと子ども心に憧れていた。私は、誰からその知識を仕入れたか覚えていないが、子分の史郎ちゃんと六《むっ》ちゃんに、「海の向こうにはアメリカがあるんだよ」「アメリカには一軒に一台の車があるんだ」と言うと、二人は、遠くに目をやり、うっとりとして「行ってみたいな」と言っていたのを覚えている。本当に、アメリカは、憧れの世界だった。

思い出したが、このアメリカの知識は、松木先生という東京で校長先生をされている方が、私の自宅でアメリカ旅行の幻灯会をしてくださったことがあり、その時の強い印象からだったようだ。この松木先生のお父さんは、戦前に波浮小学校の校長をされた方で、大変深い学識があり、波浮の歴史等を研究された方であった。

ビン窃盗と取り調べ

波浮の上の山の子にとって、「山本」という雑貨屋さんは、垂涎の的だった。欲しい飴やチョコレート、ガム、グリコのキャラメル、メンコ、ビー玉など何でもあり、お金のない私達子どもにとっては、「山本」は前を通るだけで心が弾むお店であった。小学校何年生の頃か忘れたが、「山本」の東京の大学に行っている息子さんが、山で遭難して亡くなったという話を聞いた。悲しい筈のことなのに、東京の大学に行き、山岳部に入っているという世界が何か別世界のようであった。

どこにでも悪い先輩がいるもので、私と史郎ちゃん、六《むっ》ちゃんは、ある先輩から、金が手に入る方法を教えてやると言われ、ある場所に積んであった古瓶を「山本」に持って行くとお金をもらえるから、「持っていきな、金を貰ったら、分け前を上げる」と言われ、何回か古瓶を持ち出し、「山本」に持っていき、お金に換えてもらったことがあった。その分け前で、「山本」でグリコキャラメルやメンコを買った記憶がある。

ところが、私が小学五年生の時のある日、母から、黒坂さんの警察署に行くように言われ、母に付き添われて警察署に行った。そこでは、同級生の黒坂マーチャンのお父さん（駐在所のお巡りさん）から、今で言えば「取り調べ」を受ける羽目になった。マーチャンのお父さんは、「みっちゃん、誰から言われて瓶を山本に持っていったの」と繰り返し、聞いた。「調べはついているんだ」「本当のことを言わないと、今晩ここに泊まってもらうよ」と、心の中を見透かすように迫って来る。母親はそばで「みっちゃん、本当のことを言いなさい」と繰り返し、繰り返し、泣くような声で言っていた。

私は、どうしても、その悪い先輩の名を言えなかった。どうしてだろうか。何か、裏切るような気持ちが拭えなかったのだろうか。それとも仕返しを恐れていたからだろうか。その後、この事件とは直接関連はないと思うが、その悪い先輩は、少年院にいったという話を風の便りに聞いた。

私が、弁護士になってから、六《むっ》ちゃんに劇的に出会うことがあったが、その時、六《むっ》ちゃんは、「みっちゃんは大人になったら、弁護士になると言っていた」というのである。私には、全くその記憶はない。この時の事件が、きっかけであったのだろうか。

先生の恋愛の探偵ごっこ

波浮小学校に美人の音楽の先生が転勤してきた。特に、その先生の袴姿には、子どもながら心を奪われた。この先生にしばしば間伏小学校の男性の先生がよく訪ねてきて、二人でデートしていることがあり、子どもながら嫉妬し、何とか妨害してやろうと史郎ちゃん、六《むっ》ちゃんといろいろ策を巡らした。

小学校から港に行く道は、木に覆われていて、その木の下を二人はよく通ることを知っていた我々は、通るのを待ちかまえて、木の上からおしっこをひっかけようとしたことがあった。上からおしっこが落ちてくるので、その美人先生は、「あれ雨かしら」と言って通りすぎていったことが記憶に残っている。ひどい生徒で、美人先生には、大変迷惑なことだったと思う。

又、その美人先生は、小学校の古びた寮（寮とは名ばかりで、牛舎の跡を改造したような建物だった）に入居していたが、よくその間伏小学校の先生を部屋に呼んでいたことを知っていた我々は、望遠鏡を使って部屋の中の様子を探索したこともあった。全く失礼な話であるが、その当時は、我々は真剣であった。

後日談であるが、その美人先生は、妻ある別の先生と駆け落ちしてしまった。我々がこの美人先生に異常に関心をもったのも、先見の明があったのかも知れない。

小学校の屋根裏密行

おしっこの話になると忘れられないことがある。

小学校六年生頃と思われるが、六年生の教室の天井の隅には、空気抜けがあり、そこは壊れていて、天井裏に行けることをある時発見した。小学校は、一年生から六年生の各教室がその順に並んでいて、そのほぼ真ん中の五年生と四年生の教室の間に、職員室があった。どんな意図があったか、思い出せないが、史郎ちゃんと六《むっ》ちゃんを連れて職員会議の様子を探索しようと、六年生の教室の天井裏から職員室の天井裏に忍び込み、職員会議の様子を盗み聞きしたことがあった。天井裏から職員会議の様子を窺ったが、その内容は理解できなかった。ところが、途中でおしっこをしたくなり、慌てて、建物の一番奥の隅に移動して、そこで我慢出来ずに、おしっこをしてしまった。それは一年生の教室の黒板のある壁のところだった。おしっこをした後、ほうほうのていで、職員室の上を通り、六年生の教室の空気抜けから下りて一年生の教室まで行っておしっこの跡を見ると、黒板の脇の壁に幾筋かの跡が残っていた。翌日、気になって、史郎ちゃんと六《むっ》ちゃんと一緒に一年生の教室に行くと、女の先生が「あら、昨日雨が降ったのかしら」と言っていたので、三人で胸をなでおろした思い出がある。

六《むっ》ちゃん捕虜の縄しばり

大島では、春、夏、秋に比べると、冬の遊びは限られる。

我が家の裏に広い竹藪があり、冬はその中に竹で小屋を作り、隠れ家と称して、史郎ちゃんと六《むっ》ちゃん達と遊んだものである。竹で、槍や刀、鉄砲を作り、遊んだ。戦争ごっこも大勢でした。その中には、同級生の教会の白川君（ツルちゃん）、矢島君（たてお君）、本宮君（イー坊、現在は町会議員さん）、直井のせっちゃん、史郎ちゃんの兄の重《しげ》ちゃん等々がいた。戦争ごっこは、これは又、残酷で、捕虜を木に縛り付け、その捕虜を味方が連れ出すまではそのままにしておくこともよくあった。

ある日の夕方、自宅で夕食を食べていると、六《むっ》ちゃんのお父さん（隆《りゅう》の叔父さんと言っていた）が「うちの六《むっ》は未だ帰らないが、どうしたろうか」と言って来たことがあった。

私はその時、「しまった」と直感し、家の裏の梨の木のところに直行した。そこには、梨の木にぐるぐる巻きにされてぐったりしていた六《むっ》ちゃんがいた。六《むっ》ちゃんは、大声で泣いて助けを呼んだと思われ、顔は涙のあとですっかり汚れて濡れていた。

この時、私は子どもながら、六《むっ》ちゃんに申し訳ないことをした、こんなことを子分にするような親分は失格だなと心から反省した。

六《むっ》ちゃんは、この縄縛り事件の後、本当のところ、どんな風に親分の私を見ていたのだろうか。

子どもの残酷さか、その後、私は、すっかりこのことを忘れてしまい、夏には、毎日、六《むっ》ちゃんと連れだって、筆島に泳ぎに行ったのである。

ぱんぱん屋「山崎」の花火

波浮の港の西海岸の土地（「とうしき」と言った）には、戦後、米軍が駐留し、蒲鉾式の兵舎がいくつかあった。興味本位に何度か遠回りに見ていたが、中に入った記憶はない。

時々、上陸用舟艇が波浮の港に入ると、沢山の兵隊が鈴なりに乗っていて、缶詰や何かを港に放り投げるとそれを我々子どもが潜って取り、戦利品のように手にとって、米兵に示すとやんやの喝采がされた。これはこれで子ども達にとっては、貴重な缶詰を家に持って帰れることで嬉しいことではあったが、何か空しい気持ちがあったように記憶している。

米軍を心から歓迎していない気分があったのか、子ども心に何か感じていることがあったのかも知れない。

そう言えばこんな記憶がはっきりとある。米兵は、週末には、ぱんぱん屋（売春宿）の「山崎」の店でダンスパーティーをよくやっていた。そのダンスは、大きな米兵に小さな日本の女がぶらさがるように踊っていた。私は、何か、許せないという義憤にも似た気持ちになり、史郎ちゃんと六《むっ》ちゃんを連れて、ねずみ花火を買い、火を付けてダンスホールに投げ込んで妨害してやろうとしたことがあった。ねずみ花火がシュルシュル、バチバチ鳴ると、キャーという女の大声がして、却って、その女達が米兵に激しくしがみつく様子が見えて、なんだか失敗したなとがっかりした記憶がある。私たち子どもにとっても、日本の女達が米兵にしがみつくことがたまらなく厭だったようだ。

末《すえ》ちゃん（末光さん）という先輩

末ちゃんは、六《むっ》ちゃんの兄で、悳子《とくこ》の同級生であり、我々の遊びの大先生である。チャンバラごっこの木の枝で作る刀やメジロを入れる竹籠等を作る名人で、いろいろ教わった。釣りも上手で、竹竿からテグス、うかし、針の付け方まで何でも教わった。小学校の夏休みには、殆ど毎日、筆島に泳ぎに行き、この末ちゃんに、さざえ、あわび等の取り方、潜り方を教わった。末ちゃんは、遊びとその教え方の名人であったのだ。

末ちゃんは、波浮中学校を卒業した後、東京のある工場に勤めた。しかし、東京の生活に馴染めず、いじめにもあったようで、ノイローゼになって、廃人のようになってしまった。千葉の秋広牧場（甚の丸旅館の親戚で大島から出た秋廣家の親戚でもある）に末ちゃんのお姉さんがいたことから、そこに身を寄せて、牧場の仕事を手伝っていた。末ちゃんのような心の優しい人が生きにくい東京を恨んだこともあった。

波浮のメインストリート

第5章　牛乳配達の思い出

私の家は牛乳屋で、調布で秋広牛乳を経営していた義之叔父さんの援助があり、長兄の明彦《はるひこ》が、波浮で始めた事業であった。私が小学校に入る頃には、既にしていた。その為、私は「牛乳屋のみっちゃん」と呼ばれていた。

波浮地区の農家では、一頭か二頭の乳牛を飼っており、その牛乳を集めて、これを高熱殺菌して、瓶詰めして、各家庭に配達するのである。私と母と姉の悳子《とくこ》は、上の山の地区を担当し、長兄の明彦《はるひこ》は、自転車で港とクダッチ、差木地、そして間伏の送信所まで配達していた。私達は、毎朝、六時三〇分頃から七時三〇分頃まで、布袋に牛乳瓶を入れて母と姉の悳子《とくこ》と分担して配達した。朝六時半前に毎日起きるのは、子どもにとってさぞ大変だったと思うが、その大変さの記憶は余り残っていない。ただ、母の「みっちゃん、起きなさい」「みっちゃん、起きなさい」という声が耳に何時までも残っていた。

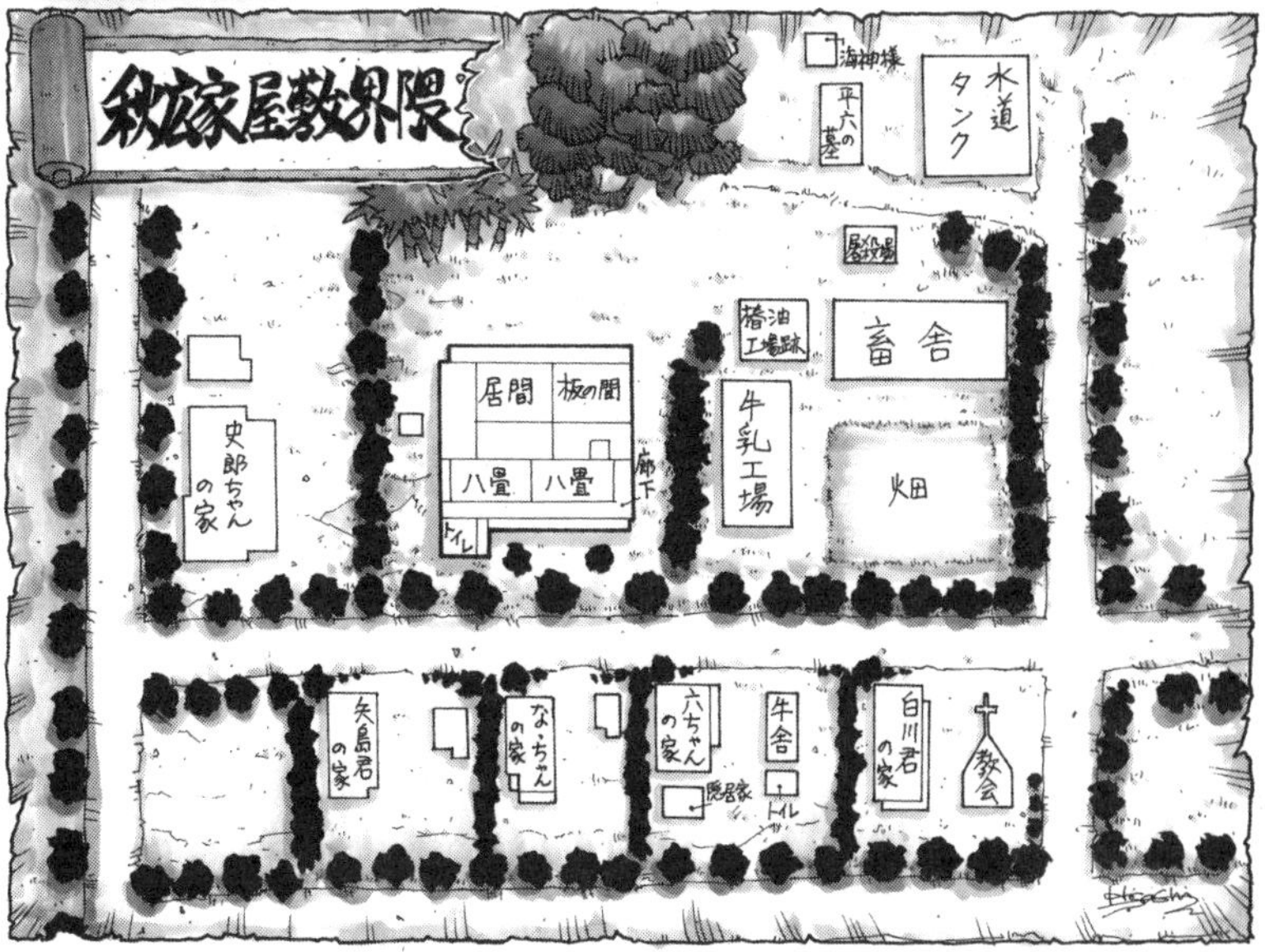
秋広家屋敷界隈
海神様
平六の墓
水道タンク
屠殺場
搾油工場跡
畜舎
居間
板の間
八畳
八畳
廊下
トイレ
牛乳工場
畑
史郎ちゃんの家
矢島君の家
なっちゃんの家
六ちゃんの家
牛舎
隠居家
トイレ
白川君の家
教会

私の担当は、上の山でも、主に新村（しんむら）地区で、同級生も沢山いたが、私が小学校五年生頃から中学三年生まで、毎朝牛乳を配達していたことを知っていた人はいなかったようだ。

新婚家庭

牛乳配達は、朝七時頃で、未だ起きていない家庭も多かった。ある時、新婚家庭の家に配達した時、家の中まで見通せたことがあり、お布団が凄く乱れていたことがあった。小学生であったから、新婚の時は、夜相当暴れるのかなと意外な感じがしたが、その後、中学生となって、なるほどと納得したことがあった。

当時、牛乳を買うことが出来る家は、それなりに現金収入のある家庭で、史郎ちゃん、六《むっ》ちゃんの家に配達した記憶はない。

その新婚家庭のご主人は、その後、町会議員となり、町長候補にまでなったが、女性に相当もてたようで、結構浮き名を流したやり手であったそうである。私が弁護士となった後も何かと私に気を使ってくれたが、それは、新婚の時、私が牛乳配達して、新婚の濡れ場の跡を見てしまったことと関係あるかもしれない。

五円玉の入学祝い

私は、小学校五年生頃から中学三年生まで、毎日牛乳を配達していたが、それを知っていた波浮の人は少なかったと思う。しかし、世の中には、見ている人は見ているのだということを子どもながらに知ったことがあった。それは、私にとっては、心に深く残る出来事で、思い出す度に温かい気持ちとなる。

それは、私が日比谷高校に合格し、東京に出るので、これが牛乳配達の最後の日という日であった。新店《しんみせ》旅館の近くの新村地区の終わり頃に配達する家の前に、ある叔母さんが立って待っていて、「みっちゃん、合格おめでとう、頑張りなさい」と言って、五円玉を渡してくれたことであった。その叔母さんは誰だったのか、どうして私の最後の配達の日を知っていたのかは謎であるが、嬉しい気持ちになった。一五歳の三月のことである。

若者の恋

中学生になると、朝の牛乳配達の他に、夕方、毎日、一貫目の氷を長兄の明彦《はるひこ》に言われ港の製氷所から担いで、牛乳屋の冷蔵庫まで運ぶことが日課となっていた。

製氷所から吉本病院跡に続く階段は、余り人が通らない場所で、日が暮れると絶好のデート場所にもなっていたようであった。ある時、少し暮れてしまっていた頃、階段の曲がっている踊り場で、若い男女が抱き合って、息を弾ませている場面に出会ったことがあった。私はどぎまぎして急いで通り過ぎようとしたが、なにせ一貫目の氷を担いでいたので、早くは通れず、さりとて、二人の顔を見る余裕はなく、私もドキドキしてやっと通りすぎたことがあった。その二人は、私を見ていたと思われ、何か悪いことをしてしまったようで、気になる出来事だった。しかし、恋というものを知らない頃であったが、何となく恋の甘い、熱い雰囲気を知った初めだった。

バター作りのこと

製氷所から担いでくる氷は、貴重なものでいろいろに使ったと思うが、私はバター作りを時々やらされたので、その時にも使った。

農家から集めてくる原乳は、まず、遠心分離器にかけ、脂肪分と脱脂乳とに分離するが、その脂肪分を又、遠心分離器にかけて、バターとなる脂肪を分離するのである。

この分離器は、全て手作業であり、私が筋肉質となったのは、この遠心分離器を回す作業をしょっちゅうさせられていたからだと思う。

遠心分離器は重いが、回り始めると比較的楽となり、時間も短かかった。しかし、バター作りの分離器は、比較的小さい樽を回すので、力は余りいらないが、二時間ほどかかり、根気のいる作業だった。私は、大阪の叔父さんの草取りのノルマを果したことの影響かも知れないが、根気のいる仕事は、苦にならない性格だった。二時間程分離器を回すのには工夫をしなければならない。私が考えついたのは、一つは、左右の手を交互に使うことであり、もう一つは、本を読みながら分離器を回すことであった。この作業は、まさに一石二鳥で、左右の腕が均等に発達すること、もう一つは、勉強や読書が出来ることであった。その為か、余り辛いと感じたことはなかった。

第6章　亮治兄の思い出

亮治兄（亮ちゃん）は、昭和一一年生まれで、私より七歳年上である。私が、小学校二年生のころには、既に上京し、調布の義之叔父さんのところにお世話になり、国立の桐朋高校に通っていた。その後、早稲田大学文学部露文科に入学し、自由舞台という演劇集団に入り、脚本を書いたりしていたようだった。

私が、小学生から中学生にかけて、亮ちゃんが夏休みやお正月に波浮に帰ると東京の話をいろいろしてくれた。子どもの私たちにとって、亮ちゃんは、東京への窓口、大げさに言えば世界の窓口であった。亮ちゃんは、話術が巧みで、全て世の中の出来事を茶化して、面白可笑しくしてしまう能力があった。

今思い出すのは、波浮の隣村の差木地に作家志望の青年がいて、いつも、小説の構想を練っているのであるが、その小説の出だしは決まっていて「波浮港の夕暮れは真っ赤に染まり、鵜の鳥は巣へ帰りを急ぐ。そこに、港から一艘の漁船がポンポンと音を立てて出て行くのであった」というのであるが、その後がいつまでたっても出来ないという話であった。この小説の出だしは、なかなかのものだったので、本当に、ある青年の話なのか、それとも亮ちゃんの創作だったのか今では疑問であるが、当時は、なんとなく、この狭い島で小説家を志す人がいるんだなと大いに世界を広げられた思いであった。

泳ぎはじめ

私は、亮ちゃんから泳ぎを教わった。私が小学校に入る前だから、五歳位の時だと思う。はじめて泳げた時のことは今でも鮮明に覚えている。それは、亮ちゃんの同級生と一緒に小舟（伝馬船と言った）に乗せられて波浮の港の真ん中に出た時、いきなり私は海に放りなげられた。私は必死で泣きながら岸に向かって泳いだ。どんな泳ぎだったか、多分犬泳ぎというもので手足をばたつかせたものだったと思うが、何とか、二〇メートル程泳いで岸にやっと着いた。私は、泣いて亮ちゃんとその友達に抗議したが、みんなが「みっちゃんは、すごい、すごい」と褒めるので、最後は、何となく嬉しくて笑ってしまった記憶がある。それからは、平気で泳げるようになった。これは、荒っぽいが、大島流の泳ぎの伝授方法だった。その頃だと思うが、波浮の港で泳いだ後は、三〇〇段もある石段を登って家へ帰るのである。それが、泳いだ後は疲れてほんとうに辛かった。私は、亮ちゃんにおんぶしてくれとせがむのである。亮ちゃんも疲れていて、「厭だ、自分で歩け」と言う。しかし、我が儘だった私は、それでも、おんぶしてくれとせがみ、どうしてもおんぶしてくれないと、「下駄を階段から下の崖の方に投げるぞ」と亮ちゃんを脅かすのである。亮ちゃんは、家計の苦しさを痛いほど知っているので、「やめろ、やめろ」と言って、最後はおぶってくれるのであった。これは、一度、私も本気で下駄を投げてしまったことがあり、亮ちゃんはそれを探すのに苦労したことがあったからであった。その時の亮ちゃんの辛い気持ちを思うと、自分はほんとうに悪餓鬼だったなと深く反省している。

後日談であるが、私が社会人となって、亮ちゃんと一緒にお酒を飲むようになってからである。亮ちゃんは長いこと、この下駄投げ事件を相当恨みに思っていたらしく、相当飲んだ後、私に対し「この野郎、下駄を投げて、おんぶさせやがって……」と言ってビールを引っかけたことがある。それで、亮ちゃんに少しは許されたのかなと感じたことがあった。

早稲田大学「自由舞台」の来島

亮ちゃんは、早稲田大学で自由舞台という演劇集団に入り、授業には出ないで生き生きと活躍していたようだった。私が波浮小学校五年生のころ、木下順二作の「赤い陣羽織」という演劇を持って、多くの団員と大島の学校を回って上演したことがあった。その団員の中には、もく星号で亡くなられた大辻司郎氏の息子さんの大辻伺郎さん、俳優の加藤剛さん、山口嵩さんなど、後に有名となる方々が綺羅星のようにいたようである。

その団員の学生さんが、我が家に来られたことがあった。自宅の奥の八畳間をぶち抜いて宴会が持たれたが、足の踏み場もない程の盛況であった。そこで、宴たけなわの頃、いきなり、学生さんのどなたかが「みっちゃん、何かやれ」と言いだした。亮ちゃんは、私が当時内気で人前で話も出来ない弟と思っていたようで、困った顔をしていた。私は、どういうわけか、すくっと立って、「おいら岬」を歌ってしまった。これは、当時、「喜びも悲しみも幾歳月」という佐田啓二と高峰秀子の映画の主題歌であった。こんな多くの人がいる中でどうして私がいきなり歌を歌えたのか、今でも不思議である。つらつら考えて見ると、亮ちゃんの困った顔が私をつき動かしたのかもしれない。亮ちゃんが多くの学友を引き連れて、故郷に帰り、錦を飾る程ではないが、鼻高々の時に、その顔を汚してはいけないと子どもながらに思ったのだろうか。自分でも判らない。この時以降、学校でも人前で話すのが、自然と出来るようになったのである。

亮ちゃんのことで付け加えたいことがある。亮ちゃんは平成20年に他界したが、偶然にもその死の直前にNHKの「あさイチ」に出演された加藤剛さんが早稲田の自由舞台の時の公演パンフを持参され、それが映像としてクローズアップされ、そこには脚本演出として秋廣亮治とあった。それを病床の亮ちゃんに伝えることが出来た。

東京の土産話のこと

亮ちゃんは、ほんとうに話上手で、笑わせながら人を引き込んでゆく話術があった。亮ちゃんは、世界への窓であったが、今考えると、亮ちゃん流のバイアスがかかっていたように思う。

亮ちゃんは、国立の桐朋高校に通っていた頃、叔父さんに隠れて、砂川基地反対運動に参加したようで、警察官に棍棒で殴られ、頭に傷を負い、これを叔父さんに隠すのが大変だったという話を聞いたことがあった。ニュース映画から得た記憶なのか、亮ちゃんの話からなのか定かではないが、スクラムを組んだ学生や農民が警察官に引き抜かれていく姿が目に浮かぶ。亮ちゃんの話だと思うが、ある警察官にスクラムから引き抜かれたが、優しく運ばれ、こんなところに二度と来るんじゃないよと諭されたという話だった。

この時、寝ころびながら、逆さまに寝て、亮ちゃんの話を聞いていたが、その顔の眉毛がさかさに見えるので、何か、変な怪獣を見ている錯覚に襲われた記憶が残っている。砂川の話が怖かったのであろうか。

豊島屋の叔父さん

元町の豊島屋は、藤井先生の実家である。私が四歳の頃、豊島屋は三原山の登山道の入り口にあり、土産物、旅館、椿油の工場等があった。一万坪以上の椿林の中にあり、現在は「ホテル椿園」となっている。しかし、平成25年の豪雨災害で被災し、悲しいかな廃館となった。

豊乃輔叔父さんは、私たちが行くと、「ヤーヤー、よく来たな」と言って、温かくもてなしてくれた。

ある時、大島の連合運動会が元村（元町のこと）で催されたことがあった。当時まだ健在であった父からある旅館に昼食を用意させておくから、お昼に行きなさいと言われ、亮ちゃんと姉悳子《とくこ》と三人でその旅館に行った。ところが、旅館の方はその話は聞いていないという。お昼も過ぎて、すっかりお腹が空いた私たちは、困りに困って、豊島屋に向かった。そこには、豊乃輔叔父さんがいて、例の調子で、「ヤーヤー、よく来たな」「お昼は食べたろうか」と聞かれた。亮ちゃんは、当時一一歳くらいだったと思うが、気を使ったと思われ、お腹が空いてペコペコなのに、「食べてきました」と言ってしまったのである。私は、こんなにお腹が空いているのにと思い、無遠慮に「嘘だ、嘘だ、こいつは嘘をついているんだ」と言ってしまった。結局、その時、豊乃輔叔父さんは、我々に白いご飯とトビウオの干物を食べさせてくれたのであった。亮ちゃんは、このことをいつまでも忘れないでいて、「こいつには参った参った」と折に触れて笑いながら言うので、私が四歳くらいの時の話であるが、未だに忘れないで記憶に残っているのである。亮ちゃんは、ほんとうに、心遣いの細やかな少年だったのである。

第7章　島の夏

島の夏は、子どもたちにとって天国である。海はあくまでも青く、透き通っていた。夏休みになると、毎日、史郎ちゃん、六《むっ》ちゃんたちと連れだって泳ぎに行くのである。筆島では、波乗り、さざえ、アワビ、メッカリなどの貝や、少し上達するとモリで魚も捕ることができた。捕った貝や魚は、磯の岩場で火で焼いて食べるのである。

小学校の下級生の頃は、主に、波浮の港で泳いだ。五年生頃からは、毎日のように筆島に行った。

筆島

筆島は、名前の通り、筆のような岩が砂浜の少し沖に、にょきっと立っている遠浅の浜で、子どもから大人まで夏は波浮の人や帰省客で賑わった。

筆島　大町桂月の歌碑の近くから

砂浜は、波乗りを楽しめるし、砂浜では池を作ったり、砂丘から板で滑ったりした。砂浜の隣は岩場で、岩の池があり、そこで色とりどりの魚を追っかけたりした。「みついし（三石）」という岩礁が三つあり、そこでは、さざえ、アワビ等を子どもでもとれるので、必死になってとったものである。

筆島は、砂浜、岩場、にょきっと立っている筆のような岩、そして、その背景にそそり立つ山が海へ落ちている格好となっていて、絵になる場所であった。そして、筆島の対岸に水が落ちている小さい滝があり、泳いだ後は、そこで海水で塩がついた身体を洗って帰るのである。

夏の終わり

海辺で育った人は、よく知っていると思うが、お盆過ぎになると海に秋の気配がしてくるのである。電気クラゲが岸に寄ってくるし、波も高くなり、肌に感じる風が真夏とは違うものとなってくる。子ども時代には、九月の二学期の始まりを予感し、夏休みの終わりと宿題のことが気になるのが重なって、何となく寂しい思いにかられるのである。

特に、大島では、観光客が潮を引くようにいなくなり、帰省していた親戚の人々もいなくなり、これが二重に寂しさを増すのであった。

私は、カラオケを歌うようになって、八月末から九月にかけて必ず歌う曲は、トワ・エ・モワの「誰もいない海」（作詞・山口洋子、作曲・内藤法美）であった。その歌詞は「今はもう秋　誰もいない海　知らん顔して人がゆきすぎても　わたしは忘れない　海に約束したから　つらくても　つらくても　死にはしないと」というものである。この歌は、子ども時代の秋が忍び寄る大島の海の感じをよく表しているとつくづくと思う。どんな辛いことがあっても、生き抜いて行こうという人生の応援歌でもある。

観光客の目

子ども時代に感じた観光客の目ということを思い出したのは、いつからか覚えていないが、社会人となって、よく、観光地や集落を頻繁に訪れるようになってからだと思う。観光地の店や施設は、そこに住んでいる方々の生活と結びついており、生活の一部を垣間見てしまうこともよくあった。その時、ふと、この方々は観光客がもの珍しそうに観ていることをどんなふうに感じているのだろうかと思ったことがあった。それは、波浮の子ども時代の経験が強く影響しているからである。観光客は見学熱心のあまり、村の生活領域の中にずかずかと入り、その興味深い目で見るのである。その目は、生活している村人との共感のある目ではなく、あくまで、興味本位の観察者の目であった。子ども時代、東京から来る観光客に対するコンプレックスがあったせいだろうか、大変この観光客の目が気になってしかたがなかった。

第8章　島の春

大島は常春の島と言われているが、冬には、霜が降りる日も何日かはあり、そもそも建物が湿気の強い夏用に作られているせいか、やはり冬は寒い。一月〜三月にかけて全島椿の花が咲き、三月の初めには、大島桜が一斉に開花するので、春の到来は、内地と変わらず待ち遠しい。四月になるとほんとうに暖かい陽気となり、子ども心にも、うきうきした気持ちになった。

ほんちゃん

「ほんちゃん」というのは、蜘蛛の一種で、春になると、紫陽花の葉や草の葉に出てきて、葉の裏に隠れているのをとるのが子どもたちの楽しみであった。それを、マッチの空箱にいれて飼うのである。何故、飼うのかというと、この「ほんちゃん」が相撲をとってくれるからである。強そうな「ほんちゃん」を探し、それを飼育して、友達の「ほんちゃん」と相撲を取らせ、喧嘩させるのである。この「ほんちゃん」は、両前足を手のように挙げて、相手方に組み付き、押したり、横に振ったりして、まさに、力比べをしているようにするのである。これは、相撲をとっているようで、ついつい見ていても力が入ってしまい、大声で応援するようになる。これは、貴重な島の春の楽しい遊びであった。この「ほんちゃん」は、まだら模様であったが、お尻をなでると黒くなるのが面白く、よく、お尻をなでたものである。

サクランボ

サクランボというと、山形産の佐藤錦など思い浮かべるが、大島のサクランボは、大島桜になるまさに野生のサクランボで、小粒で、熟すと青紫となり、食べると甘い。甘いものがない時代であったから、五月頃には、桜の木に登り、鱈腹食べた。そうすると、口が紫となり、如何にも、サクランボを食べたことがすぐ判ってしまう。小学校の図画の時間などは、外で自由にスケッチすることがよくあったが、スケッチはそっちのけで、サクランボを夢中で食べることも多かった。その時は、何をしていたか、すぐ判ってしまうが、

元町海岸公園の溶岩に打ち寄せる波

先生もおおらかで、怒られた記憶はない。

　野生というと、こんなこともあった。担任の中尾先生と数人で、学校の自由時間に五郎川（二子山の手前の山）にサクランボを食べにいったことがある。私は、夢中で食べた後、木から飛び降りたところ、竹を切った所にまともに落ちた為、足を竹が貫通し、足を上げると向こうが見えた。先生に相談したところ、その先生は、腰にぶら下げた手ぬぐいを切って、私の足をきつく縛ってくれた。そのまま、何もなかったようにして、数日たった後、母に話したところ、母に怒られて、吉田病院に連れて行かれた。吉田病院では、オキシフルで消毒し、赤チンを塗って終わりであった。女の吉田先生は、「早く手当をしないといけません」とは言ってくれたが、余り強く怒られた記憶はない。この傷は足をかざすと今でも傷跡が残っている。今考えるとぞっとするようにも思えるが、当時は、野生的でおおらかな世界があったのである。

半ズボンの解禁

子どもたちは、冬は長ズボンであったが、四月の中旬になると半ズボンに衣替えする。半ズボンになったときの足の肌で感じる空気の少しひんやりした感触の心地よさは忘れられない。上着も半袖となるので、その身体全体で感じる爽やかさは、多分島の春独特のものではないかと思われる。ハワイの微風（ソフトブリーズと言うそうだが）の心地良さも年よりの私たちには、忘れられないが、それは常夏の熱帯の感触である。常春の島の春の到来を感じさせるこの空気の感触は、大島のしかも南部地区の波浮港独特のものではないかと勝手に思っている。

天草《テングサ》採りの解禁

天草は、いうまでもなく、寒天の原料となる海草で、伊豆七島では広く採られており、これを天日で乾燥させて、長野県の諏訪地区へ送り、寒い冬に寒天を作るらしいと子どものころ聞かされていた。この天草採りは、島では、大人も子どもも貴重な現金収入となるものだった。丁度五月の連休の始まるころ、天草採りが解禁となり、子どもたちは一斉に筆島に繰り出し、天草採りに精を出した。学校も休校となったように思う。この天草採りも島の春の到来を象徴するもので、内地では「水温む」とは川の感触と思われるが、島では、「海温む」である。泳ぐには未だ寒いが、半ズボンとなって浅瀬で天草を採る海水の感触は島で生活する時の至福の感触でもある。

天草採りで得た現金収入は、みんなで、学校用具を買ったり、中学では、野球部の野球の道具を買う足しにしていた。みんな等しく貧しい時代であったから、自ずと助け合うことが自然になされていたのである。

第9章　波浮の先生達

島に赴任されて来られた先生方は、小学校に限らず中学校の先生も、子どもながらに、何か、一風変わった趣を持った方が多いように感じていた。

中尾先生

波浮小学校、中学校では、当時、一学年一クラスであるから、九年間も一緒であった。九年間一緒だと、その性格は勿論、その家庭の様子も手にとるように分かってしまう。ごまかしや格好つけができない世界であった。

中尾先生は、波浮小学校の三年生から六年生まで担任をしてくださった先生で、若い頃は野球が好きで相当の腕前だったようだが、戦争で手榴弾を投げた時、右腕を壊し、戦後は好きな野球は出来なくなったという話や、初台の実家が戦災で焼けて、家族を失ってしまったことなどを聞いた。戦争の影はいろいろなところに未だ残っていた。

先生のことで、忘れられないことがある。図工の時間は、画用紙をそれぞれが用意してくることとなっていたが、貧しい時代ではその画用紙を買えない子も多かった。図工の時間が始まると、先生は、「みっちゃん、これ」と言って現金を私に渡してくれ、学校の前の「大熊商店」で画用紙を買うように言うのであった。勿論、このお金は先生の自腹であった。私は、この先生の優しさを子どもながら深くこころに刻んだ。貧しい人、弱い人の為に尽くそうという気持ちは、このような先生の何気ない自然の行動によって培われるのであろうか。まさに、子どもたちは見ていたのだ。

高木先生

高木先生は、中学一年から三年生までの担任で、勉強で先生から何を教わったか、はっきり言って記憶がない。しかし、先生から教わったのは、人生そのものであった。先生は、町田の柿生の農家の出身で、多くの乳牛を飼育していて、調布の秋広牛乳に原乳を入れていたそうである。その親近感からか、親戚のような感じで接して頂いた。先生は、女性をこよなく愛する人で、女性にまつわるいろいろのエピソードがあるが、ここでは書かない。

しかし、憎めない人柄で、皆に好かれていた。中学三年間、楽しく、充実した波浮中学校の生活が送れたのは、この高木先生の人柄によることが大きかったと思う。

野口先生

野口先生は、波浮中学校の数学の先生で、瀬戸内海に浮かぶ山口県の周防大島出身であった。姉の悳子《とくこ》の担任でもあった。

私が小学校の頃から、よく私の自宅に遊びに来ていた。それは、はるちゃんと同じ年で、馬があったようだった。兄のように思っていた私は、野口先生から教わったことが多い。一番は、写真の撮影とその現像である。二番は、器械体操である。三番目は、広い世界に目を向けることであった。野口先生は、大変几帳面な方で、独身なのにいつも折り目正しいズボンと清潔なシャツを着ているのが印象的であった。私が数学が得意となったのは、この野口先生のお陰である。私が日比谷高校に入学した時、野口先生は、当時既に波浮中学校から大田区の御園中学に転出していたので、寄留先として、先生の住所をお借りしたことがあった。

私が弁護士となったあと、先生の住宅や資産のことで相談に乗ったことがあった。その頃は、既に、先生は、教員を退職され、朝日カルチャーセンターで、古代史の教鞭をとっておられた。どうして、数学の先生が古代史に関心をもっておられたのか、不思議に思ったが、今般、周防大島を調べてみると、「古くから瀬戸内海海上交通の要衝とされ、万葉集にも大島を詠んだ歌が見える。日本で最も高齢化率が高い島でもある。宮本常一（民俗学者）、星野哲郎（作詞家）の出身地でもある」とあり、なるほどと納得した。

土屋先生

土屋先生は、中学校で社会科の担任をしており、いつも、「えーかな」という口癖があることから、あだ名は「えーかな」であった。この先生には、忘れられないことがある。それは、私が未だ小学生の時、先生の病気のお見舞いをしたことが縁であったと思うが、先生から、カメラを頂いたことであった。このカメラは押すだけの簡単なものであったが、カメラなど高価で珍しい時代であったから、宝物のように大切にした。このカメラで、史郎ちゃんや六《むっ》ちゃん、ツルちゃん、写真屋の尾崎君など多くの友達を撮った。私が、子ども時代の記憶が現在まで残っているのは、このカメラで撮った写真のお陰である。

若林先生

若林先生は、神田の生まれで、上智大学を卒業し、新進気鋭の先生として、波浮中学校に颯爽と赴任してきた。一番思い出すのは、中学二年生のとき、昭和館でのアメリカ映画の「暴力教室」に先生は、クラスの全員を引き連れて、映画鑑賞を行ったことであった。この映画は、ロックの強烈なリズムに乗り、荒れ狂う高校に敢然と挑む教師の姿を描いたものであった。暴力とセックスが描かれていることから、父兄から相当の批判がなされ、若気の至りの先生も相当の窮地に立たされたようだった。しかし、私達は、この先生が持ち込んだ都会的な空気に強烈な刺激を受けた。

坂口校長

坂口先生は、波浮中学校の校長先生である。柳田國男の教えを受け、民俗学の研究をライフワークとされている方で、伊豆諸島の島民の暮らしや風俗を研究し、柳田國男賞も受賞されている。この先生は、その人徳から、多くの先生方を島に招聘していた。平六を尊敬しており、秋廣家の大の理解者でもあった。私宛の毎年の年賀状には、必ず、「平六は波浮の恩人です」と書いてくださった。

こんなことがあった。それは、私が波浮中学校に入学したての頃であったと思う。農業実習というのがあり、畑に「だら桶」（人糞を入れる桶）を担いで、持って行き、それを撒いたり、草取りをする実習で、一年生から三年生まで一緒にやる授業だった。その時、三年生のある子が私に何かの言いがかりをつけ、とっくみあいの喧嘩となったことがあった。その先輩は、私が小柄なので、簡単に勝てると読んでの喧嘩だった。私は、牛乳配達をしていたから、腕っ節は強かったせいか、その先輩に勝ってしまった。そうしたところ、その先輩の親が翌日、学校に怒鳴り込んできたそうである。その親御さんは、「先輩に刃向かう後輩がおり、礼儀知らずも甚だしい」と強く抗議し、その後輩を叱って欲しいと言ったとのことだった。その時、坂口先生は、「その後輩はだれですか？」と聞いたそうだ。その親御さんは、「牛乳屋のみっちゃんだ」と言ったところ、坂口先生は、詳しい話も聞かず、即座に「それは、貴方の子が悪い」と言ったとの話を後で聞いた。事ほど左様に、私は相当の依怙贔屓を受けていたこととなる。

第10章　明彦《はるひこ》兄の思い出

長兄の明彦《はるひこ》は、昭和三年生まれで、大島の小学校を卒業後、父博と同じ、静岡県の名門旧制韮山中学に入学した。母の叔母が嫁いでいた真鶴の石川鉄工所に寄宿し、東海道線で三島から伊豆箱根鉄道で韮山に通っていたようだ。

日本獣医学校（現在の日大獣医学部）を卒業し、その後、父の死後、波浮に戻り、秋広農園、その後秋広牛乳を経営するようになった。だれの影響か知れないが、ソビエトのミチューリン農法を勉強し、いろいろ実験的な農法をしていたようだった。

長兄明彦《はるひこ》は、はるちゃんと言われ、皆から慕われていた。母は、はるちゃんが長男で父が早く他界したことがあったかも知れないが、一卵性双生児のように一緒にいることを当然のようにしていた。母とはるちゃんが口論していたのを見たことがない。

牛乳配達

はるちゃんの思い出は、尽きることがない。私とは一五歳も違うので、私が小さい頃は父親のようだったと思う。牛乳配達は、家族で分担していたが、一番遠いのが間伏の送信所への配達であった。時々、はるちゃんの配達の自転車に乗せてもらって送信所へ連れて行ってもらった。そこは広い芝生の場所があって、配達後、一緒にパンと牛乳を食べた思い出が懐かしく思い出される。はるちゃんは、このようなゆとりのある時間が好きだったようで、何の話をしてくれたか思い出せないが、楽しい思い出である。六《むっ》ちゃんに最近会った時に、この話をしたところ、六《むっ》ちゃんも一緒に何度も行ったことがあると言う。遠足のようで本当に楽しかった、はるちゃんの自転車に、前はみっちゃん、後ろは俺だったと言っていた。子どもにとって、こんな小さいことが、楽しい心のささえとなるんだなと改めて思った。

人民中国・ソビエトユニオン

私は、中学生になって少し分かってきたが、はるちゃんは、人民中国・ソビエトユニオンを定期購読していて、読み終わると、他の人に回してあげ、回覧していたようだった。

はるちゃんの子どもの頃の秋廣家は、祖父や父が健在であったから、波浮の港の開港者の家柄ということで、「ダンナゲー（旦那の家）」として尊敬され、経済的にも未だ恵まれていたこともあり、すくすくとお坊ちゃんのように育てられたように思う。「ダンナゲー」として、いつも、世のため、人の為に生きなければならないという観念が自然と備わっていたのかも知れない。こんな小さな島で、社会主義的な考えに近づいていったのも、「ダンナゲー」意識からだったろうか。

青年団の活動

私が小学生から中学生にかけて、はるちゃんは、波浮の青年団の団長として、青年団活動を熱心にしていた。それが、誇りでもあったようだ。

はるちゃんは、少し社会主義的な考えを持っていたので、島の青年を啓蒙しようという理想を持っていたようだった。島の青年は、はるちゃんを尊敬する反面、はるちゃんのお坊ちゃん的な考えを茶化していたようにも思えた。特に、ミチューリン農法は必ずしもうまくいっていなかったようで、隣の健ちゃん（六《むっ》ちゃんの長兄）からも、「なーんだ、それじゃー駄目じゃないか」とからかわれていたようであった。

みんなが「はるちゃん」と呼ぶのは、兄の人の良さをみんなが感じているからだと思う。はるちゃんは、青年活動を通じて、孝江姉さんと恋に落ち、結婚した。孝江姉さんは、波浮港の階段の下にあった「マキ理髪店」の娘で、大変な美人であった。波浮の青年は孝江姉さんに会う為にわざわざマキ理髪店に通ったと聞いている。カメラが趣味であったが、一人娘であったことから、子どもを多く欲しいと望み、4人の子どもを生み、育てた。

お爺さんのこと

私のお爺さんは、豊之介と言って、私が生まれる前に他界しているので、全く知らず、私の想像上の人物である。青年期に目を失明し、自宅にずっといて、村の人々の相談相手になっていたと母から聞いた程度である。ただ、記憶力は抜群によく、村の人々に、囲炉裏の灰の上に文字を書いて、いろいろ教えていたという。

戦前、大島から内地（主に東京だが、伊東、熱海のある静岡県もその範囲にあった）の学校、特に、旧制中学に行くことは少年にとって、夢のまた夢であった。

実は、秋廣家では、お爺さんが、明治時代に、教育大附属小学校に行ったという話を聞いたことがある。それは、私が高校生になってから聞いた話だが、義之叔父さんから聞いた。明治時代では、大島は、東京の少年にとっても、遠い国だったようだ。絵本で、源為朝が弓を引いて、その脇に子分がいて、その子分は全部赤鬼、青鬼だったので、小学校の同級生がお爺さんに「お前、大島から来たなら、鬼の子孫だろう。角の跡があるに違いない」と言われ、頭をさすられたという話だった。こんな時代に、大島から東京の小学校に行かせる曾祖父の教育にかける意思も相当なものだが、それを受けて、東京に行くことを決断したお爺さんの意気込みも大変なものだったろうと推測する。当時は、帆掛け船で東京に行ったそうで、風待ちなどあり、一ヶ月もかかったこともあったと義之叔父さんは言っていた。

旧制中学「韮山中学」

はるちゃんが、韮山中学に入学したのは、昭和一五年頃だと思う。当時の韮山中学は、静岡県では静岡中学に次ぐ名門校だったそうで、はるちゃんは、言わば、エリートだった訳である。はるちゃんから、韮山中学について聞いた話はあまり記憶にないが、一番記憶に残っていることは、配属将校の話で、虐められた話が多かった。はるちゃんが、戦後、戦争を嫌い、平和に関心を示したのは、この中学時代の体験が大きかったのかも知れない。

戦争と言えば、秋廣家（ダンナゲー）の人で、戦前、赤紙で招集された人はいなかったようだ。もっとも、長晴伯父さん（父の兄）と藤井先生は、東大医学部を出て、軍医となっているが、所謂、二等兵で出征した人はいなかった。しかし、六《むっ》ちゃんの一番上のお兄さんは、招集され、南方で戦死していて、六《むっ》ちゃんの家の壁にその写真が飾られていた。私の家では応召され、戦地で死亡した人はいなかったので、なんとなく後ろめたい気持ちがあったように感じる。

はるちゃんは、年をとってから、よく韮山中学の同窓会には出かけていたから、青春のよい思い出が沢山あったのだろう。

椿取りの思い出

毎年、夏の終わりは、椿の実をとり、それを天日で乾燥させ、皮がはじけるとその皮をむいて黒い実を取り出し、それを、元町の椿油の工場に運ぶのである。昔は、秋廣家にも椿油工場があったが、私が記憶のある頃には、既に、閉鎖されていた。秋廣家の椿林はかなりあり、特に、波浮港の周りの崖は、全て秋廣家の所有で、そこは、殆ど椿林であった。

当時は、椿は家の者だけでは取り切れないので、多くの人にお願いして、椿取りと皮むきをした。その中で印象に残る人が何人かいる。

元芸者で、波浮港が隆盛のころは、相当売れっ子だったと自分で自慢していたおばさんがいた。宴会が盛り上がり、飲み過ぎて、波浮港で一番の旅館であった「港屋旅館」の三階の窓から落ちたが、酒を飲んでいたので身体が柔らかかったから、一命を取り留めたと自慢する女傑であった。その人の話は、本当に面白く、仕事をしながら皆笑い転げることがしばしばだったが、その中身は忘れてしまった。皆が笑い転げているのに、余り笑わず、しょっちゅう、ため息ばかりついている子がいた。この子は、私より二年下の男の子で、可哀想に親を亡くし、小学生なのにアルバイトをしなければならない子だった。その芸者あがりのおばさんは、盛んに、その子に向かって「子どもの頃からそんなため息をついてどうするの。大人になったら、いくらでもため息がでるんだから」と怒って言うのが、又、面白くて、皆で笑った。その子は、大人になってどうしているだろうか。やはり、ため息をついているのだろうか。

第11章　母の思い出

母は、伊豆山のさがみや旅館の娘で、三島高等女学校に通う才媛であった。東海道線で三島に通う通学列車で同じく韮山中学に通う父と知り合い、恋愛で結ばれたと聞いている。それは、大正時代である。その後、父は早稲田大学に行くが、母とは文通をしており、その恋文を長兄明彦《はるひこ》から見せて貰ったことがある。それは、箱一杯にあった。母は、父の死後も大切に保管していたのだ。酒飲みで生活費もろくに渡さない父であったが、母は、恋愛で結ばれた父を本当に愛していたのだろう。

これは、よく聞かされた話であるが、母が大島の父と結婚したいと祖母に言ったところ、祖母の兄弟であった小川の叔父さん（神戸商船を卒業し、日本郵船の船長をし、後に船会社の社長になった方）に相談し、強く反対されたそうである。しかも、その小川の叔父さんは、母を神戸の自宅に呼び寄せ、絶対に結婚はまかりならんと言われたそうである。神戸の叔父の家に監禁同様に住まわせられた母は、泣いて全く食事をせずにいたので、神戸の叔父も折れて結婚を認めたという程の熱い恋愛で結ばれた父と母であった。

三人の遠足

小学校の遠足は、楽しみで前の日は眠れないほどだった。母は、おいなりさんと寿司巻きを必ず作ってくれ、そのお弁当も楽しみだった。どうして、その遠足に行けなくなったのか、記憶が定かではないが、私も姉悳子《とくこ》も行けなくなったことがあった。二人とも、がっかりして、しょげていると、母が「じゃ、三人で遠足しよう」と言って、「沖の根」のすり鉢型の噴火口の跡の丘に、お弁当を持って、連れて行ってくれた。この時、落胆から一転喜びに変わったことがあったせいか、よく覚えている。私が三年生くらいの時だった。この時のほのぼのとした三人の遠足で、私は、母を一層好きになってしまった。

宴会で母に言い寄る男

秋廣家の家は、奥に八畳の部屋が二つ並んであり、襖をはずすと相当広い広間となるので、よく村の寄り合いや宴会がされた。宴会が終わると、必ずお寿司や総菜が残るのでそれを貰って食べるのが楽しみであった。けれど、一つだけ、厭なことがあった。それは、酔って一人残ったおじさんが、母を横に座らせ、何やら、母の嫌がることをすることがたまにあったことであった。私の記憶では、それはいつも同じ人だった。私は、眠いのも忘れ、わざと、母のそばに座り、邪魔をするようにした記憶がある。子どもながら、母が奪われるようで、とても耐えられない気持ちだった。母に対する思いは、誰にも負けない気持ちがあったのだ。

囲炉裏端で寝る史郎ちゃん

史郎ちゃんは、隣の家の子で、一二人の子の六番目であった。私の家と史郎ちゃんの家は、樫の木と椿の木の並木を隔てるだけで殆ど敷地が接しており、自由に行き来できた。史郎ちゃんの家は、新店《しんみせ》と言われ、お父さんが新店《しんみせ》旅館の次男で、昔は、相当の資産家であり、秋廣家とゆかりのある家柄であった。その為、親戚意識が強く、兄弟のように育ったように思う。私は、中学二年生の秋から、一大決心をして、高校入学の試験体制に入ったので、史郎ちゃんや六《むっ》ちゃんと遊ぶ機会が少なくなってしまった。しかし、史郎ちゃんや六《むっ》ちゃんも家にいると仕事を言いつけられるので、「みっちゃんのところで、勉強してくる」と言っては、私の家へ来て、囲炉裏のある居間によく座っていたものである。その相手は、母がしていたようで、特に、史郎ちゃんは、囲炉裏で勉強は殆どせず、横になって眠っていた。母は、優しく眠っている史郎ちゃんを起こさないようにして、毛布など掛けてやっていたようだった。

史郎ちゃんが大人になり、子どもも出来た後の話だけれど、「ひろ子の叔母さんは、ほんとうに優しかった」と繰り返し、しみじみ言っていたことがあった。母は、ほんとうに人を分け隔てしない優しい人だった。

サツマイモの天ぷら

大島でも、戦後は食べるものが少なく、物心ついた頃から、鱈腹食べ物にありついた記憶はない。ただ、サンマとサツマイモはいつでも食べられる点では、内地の人とはそのひもじさの程度は違っていたと思う。しかし、島には水田がなく、お米は全て陸稲であり、内地から輸入していたので、お米は大変な貴重品であり、来る日も来る日もサツマイモを食べていた。これは、波浮の殆どの家がそうだったと思う。思い出すのは、小学校に入った頃、教室は「おなら」のオンパレードであったことである。サツマイモを食べるとやたらに「おなら」がでるのである。特に、女の子は、それが厭で我慢するのであるが、我慢して出たおならは、ひときわ臭いので、場合によっては、「くさい。くさい」と悪童がはやし立てることも再三であった。今なら、笑い話のようであるが、当時は、必死におならをこらえていたのだから、出てしまった時の恥ずかしさを考えると、子どもの世界の残酷さを感じる場面であった。

サツマイモは、殆どが蒸かして食べるのであるが、母は、時々、椿油で天ぷらを作ってくれた。これは、格別うまいもので、天ぷらを揚げるそばに、私やはるちゃん、姉悳子《とくこ》がいて、母があげる都度食べてしまうので、少しもたまらないことがよくあった。その時でも、母は、笑いながら、「駄目でしょう」と怒っていた記憶がある。母は、子ども達が、母のあげるサツマイモの天ぷらを目を輝かして待っていて、それが揚がると食べる満足気の様子に、家族の幸せを感じていたのだと思う。私もほんとうに幸せを感じるひとときであった。

父と母のラブレター

母と父は文通をしており、その恋文を長兄明彦《はるひこ》から見せて貰ったことがあると書いたが、その内容を見ると、私が恥ずかしくなってしまう程、熱烈なものであった。母からは父を「お兄さま」と書いており、父からは母を「ひろ子様」と書いていた。父のある時の手紙は、大学ノートに書かれているもので、早稲田大学在学中のもののようだった。今、期末試験の勉強中であるが、そのような勉強に集中しなければならない時に、このような手紙を書いていることを、貴方は軽蔑しますか？　という大変甘い内容であった。母もお兄さまと答えて、父の勉強と体調を気遣ったりして、あつあつの感じに、息子としては「勝手にしやがれ」と感じてしまい、とても読めたものではなかった。

これは、大正時代の出来事であるから、当時の風潮からして、この二人の恋愛は相当の決意がなくては出来ない筈のもので、我が家の家系には、激しい情熱が宿っているのかなと思わされる手紙であった。その父母の往復書簡を最近はるちゃんの長男純一君から頂き、読んでみた。その内容を別章で触れてみたい。

第12章　波浮教会の思い出

私の家のはす向かいに波浮教会があった。私は、小学校の四年生頃から中学三年生まで、比較的真面目に日曜学校、土曜学校に通った。教会に通うようになった理由は、同級生の白川君（ツルちゃん）が白川牧師さんの息子だったからであるが、一番の理由は、クリスマスにはお菓子、イースターには卵など、ほんとうにものがない時代に、教会に行くといろいろなものが貰えたことであった。島の生活は、雨が降るとすることがなく手持ち無沙汰となってしまうが、教会には波浮で唯一の卓球台があり、これがわれわれ子どもたちの貴重な雨の日の娯楽であった。日曜学校、土曜学校では、必ず、白川牧師が聖書の一節を朗読し、それを子どもに判るようにかみ砕いてお話をするのが定番であった。史郎ちゃんと六《むっ》ちゃんも一緒のことが多かったが、聖書の話より、その後にでるお菓子の方に関心があり、余り真面目にお話を聞いている風もなかったが、賛美歌やお話のあと、必ずする

「アーメン」と唱えることだけは、口癖のようにしていた。六《むっ》ちゃんが、創作したのだったか、「アーメン」の後に「そーめん、うどん汁」というのも、我々悪ガキの口癖で、白川牧師に聞こえないように、口ずさみ、楽しんだ。

ツルちゃん

「ツルちゃん」は、私の同級生で、小学校一年生から中学校三年生まで、一緒だった。波浮教会は、プロテスタントで、白川牧師の前は、土井牧師で大変人望のある方だったそうである。小さい島でいろいろ偏見のあるなかで、キリスト教を布教するのは、さぞかし、苦難の連続だったと思われるが、われわれ子どもにとっては、教会は何かきらびやかで、世界に導く貴重な窓だったように思われた。特に、賛美歌は、意味はよく分からないままでも、その流れるような旋律に腹が減っているのも忘れるくらいの陶酔感があった。

「ツルちゃん」と呼ぶのは、牧師のお父さんが禿だったからであるが、これも、しょっちゅう「ツルちゃん」と呼ばれた白川君は、どんな気持ちだったろうか。そんなことは微塵も考えず、「ツルちゃん」「ツルちゃん」と来る日も来る日も呼ぶのだから、考えてみるとこれは、又、大変残酷なことだった。こんなことがあった。教会の日曜学校かなにかで、白川牧師を中心にテーブルを囲んで話し合いをしている時だった。私は、ついうっかり、白川君のことを「ツルちゃん」と言ってしまったことがあった。「しまった」と思ったが、もう遅い、白川牧師がどうするか、相当怒られると思った。ところが、白川牧師は「みっちゃんが、どうして『ツルちゃん』というのか、私は分かっていますよ」という一言をぽつりと言われた。私は、拍子抜けして、「分かっているのは、当たり前だろう。禿なんだから」とその時は思ったが、その後、ずっと大人になってからもこの白川牧師の言葉が耳にいつまでも残っている。何故だろうか。

クリスマスとイースター

教会の魅力は、クリスマスやイースターなどの催しがあり、いろいろ綺麗な飾りものをし、お菓子や茹で卵をただで貰えることであった。私は、史郎ちゃんと六《むっ》ちゃんと一緒に、それを心待ちにしていた。

その華やかな雰囲気は、賛美歌と共に、何か、遠い世界に運ばれるようであった。特に、クリスマスは、女性も着飾るので、一層華やかな感じになる。私は、ケーキか何かを、ある女性から頂く時に、ふと唇がその女性の二の腕の部分に触れたことがあった。その時に、女性の肌は、こんなにも柔らかく温かいものかと感じ、キリスト様には大変申し訳ないが、これが性に目覚めるきっかけとなったように思う。

聖書

白川牧師の聖書のお話は、何百回と聞いている筈なのに、その内容となると殆ど忘れている。やはり、お菓子や卵が気になっていたのだろう。唯一つ覚えているのは、「汝、地の塩となれ」という言葉である。

どういう話の中でこの一節が引用され、話されたのか、記憶にない。私の勝手な解釈では、これは、人の為に尽くしなさいということだろうと理解していた。聖書の話は、知らず知らずのうちに、世界の歴史や人生の教訓を幼い私の身体にしみ通らせていたのかも知れない。

私は、中学三年生の二学期と思うが、白川牧師から、「みっちゃん、そろそろ洗礼を受けたらどうですか」と言われたことがあった。私は、洗礼の話を聞いた時、嬉しいという気持ちと洗礼を受けると自分の人生が束縛されるのではないかという気持ちが相半ばしていたように記憶している。

結局、だれにも相談せずに、お断りし、それから、教会には全く行かなくなってしまった。同級生のツルちゃんには申し訳ない気持ちであった。ツルちゃんは勿論、遊び友達の矢島君やイー坊たちは洗礼を受けたようだった。

今考えると、洗礼を受けていたら、どうなっていただろうかと思う。もう少し、真面目な人生を送っていただろうか等と考えたりもする。しかし、一五歳くらいの少年が、自分の人生の岐路に立ち、その選択を迫られたことは大きな人生経験だったのだろうと思う。

7歳の時のわたし

第13章　闘病生活

私は、小学校二年生の夏の終わりに、肋膜炎と診断され、自宅療養を命じられた。どこのお医者さんの診断なのか定かではないが、波浮の上の山には、吉田医院があり、女医さんで近かったから、その先生の診断だったかも知れない。港には、もう一人お医者さんがいた。この先生の名は、秋葉先生で、港には多くの漁船が入っていたので、忙しかったようだった。私の自宅療養は、予想外に長引き、翌年の二月頃まで続き、授業に復帰したときは、学芸会の頃だったように記憶している。

自分で言うのもおこがましいが、私の人間形成は、この自宅の闘病生活でされたように思われるのである。自宅の闘病生活は、孤独で、何もやることがなく、一日中、お布団に入って、天井を見ていることが多かった。私の病室は、母屋の一番奥の八畳の部屋で、普段は一番大切なお客さんを通す部屋だった。寝ていると、いつの間にか、天井板の節がいろいろなものに見えてくるのが不思議で、いろいろ想像するようになる。人に見えたり、動物に見えたりした。しかし、それも何時までも続く訳ではないので、退屈した。特に、午後の下校時には、自宅の前を通る友達らしい子どもの声を聞くと、とてもやりきれない気持ちになってしまう。子ども心ではあるが、人間は苦境に陥るといろいろ工夫するようになることを学んだ気がする。

一人の戦争ごっこ

やることがなく、身体が何となく元気な時は、テーブルを持ち出し、布団を掛けて、戦車にしたり、塹壕にしたりして、一人で戦争ごっこをしていた。どうして、戦争ごっこなのか自分でも分からないが、小学校二年生だから、七歳だとすると丁度朝鮮戦争の頃で、戦争を身近に感じていたのだと思う。この戦争ごっこは、一人で何役もしなければならないから、いろいろ想像しながら、一人ごとを言いながら、ぶつぶつやっていたのだろう。

「まごころ」を読む

闘病生活の中で、勉強らしい勉強は、母が買ってくれた「まごころ」という人物評伝のシリーズを読んだことである。いろいろな人の人物伝が書かれた子ども向けの本であった。記憶にあるのは、ワシントン、リンカーン、二宮尊徳等である。細かいことはすっかり忘れているが、この本は、人間は人のために尽くすこと、嘘をついてはいけないことを繰り返し、繰り返し言っている本だったことだけは覚えている。これは、本から得たことなのか、母親が本を読み聞かせながら、強調して言っていたのか、定かではないが、多分、両方だろうと思う。

孤独との戦い

闘病生活は、孤独との戦いではあるが、多くのものを自分に与えてくれたように思う。それは、特に、想像力を豊かにすることであった。天井板の節を見て、いろいろ想像することもあったし、庭を流れる雨水を見て、その水や流れる木の葉の行く末をいろいろ擬人化して想像することもあった。それは、大変楽しい思い出で、今でも、その時の光景が思い出される。子どもは、大人が考えるより、もっともっと豊かな想像力を持っていることを感じる。

子どもの想像力

大学を卒業した頃だったと思う。松本清張の作品の映画（忘れていたが、調べたら「影の車」であった）を見たことがある。そのテーマは、六歳くらいの子どもに殺意があるかというものだったと記憶している。加藤剛と岩下志麻が不倫の関係の男女を演じ、岩下志麻の子が映画のキーパーソンであった。その子は、しばしば訪れる加藤剛が自分の母親を自分から奪うように感じ、加藤剛と釣りに出かけた海の断崖で、加藤剛を突き落とそうとする。加藤剛は、危うく助かるが、その拍子にその子を海に落としてしまい、殺人罪に問われるという設定であった。加藤剛は、その裁判で、六歳くらいの子が殺意を持てると主張する。実は自分がやはり幼い頃、殺意をもって、自分の母の不倫相手を海に突き落としたことから、正当防衛の主張をするという設定の映画であった。

私は、その映画を見て、不思議な感覚であるが、六歳くらいの子が、殺意を持てることは当然だと、私は自信をもって思ったのである。これは、私の幼い頃の波浮の港の生活から自然に感じたことであった。

第14章　藤井先生の思い出

藤井先生は、戦前東大医学部を卒業され、軍医となり、戦後、故郷の大島元町に帰り、一人で病院を建て、戦後の苦しい時代に、まさに「赤ひげ」のように町の人の健康と医療に尽くされた町の恩人であり、私の畏敬する大先輩である。

藤井先生は、その名を「豊」といい、私の父と豊先生の父（豊乃輔氏）とが従兄弟同士であった。それは、波浮の祖父（豊之介）の妹（おぎん叔母さん）が波浮から元町の名門藤井家（豊島屋）に嫁いだからである。実は、私の伯父長治も戦前八高（名古屋）から東大医学部に行き、豊先生のかなり先輩ではあるが、やはり軍医となっていた。しかし、三〇歳代前半で病死した。豊先生が東大医学部に進学したのも、この長治伯父の影響があったかも知れない。

先生の往診

私が小学校の頃、大島には、六つの村があった。藤井病院のある元町、それから、岡田、泉津、野増、差木地、波浮の六つが村で、その他、字と言うべきか、北の山、間伏、クダッチという集落があった。藤井先生は、元町以外にはしっかりした病院がないことから、当時、バイクで島中の往診をされていた。夕方頃から往診に出かけることが多かったようで、深夜の一時、二時に元町の自宅に帰られることもしばしばだったと聞いている。それほどに、島の人の為に尽くされた先生である。藤井先生のこの情熱はどこからきたのだろうか。子供の時は、先生が乗っているバイクが珍しく、先生のバイクに乗せて貰うことが楽しみだった。

小学校五年生の時から、私は隣村の差木地の中学校で夜六時頃から開かれる「算盤塾」に週何回か通っていた。その算盤塾は、静岡から来られて色白の美人の先生が一人でやっており、村の若い青年がその先生に会いたいばかりに大勢参加していた。自宅からその塾までは、歩くと三〇分はかかるので、何度か、藤井先生が往診から帰る途中に、そのバイクの後ろに乗せてもらったのである。先生とどんな会話をしたかは覚えていないが、東大出の立派なお医者さんに近しくしてもらったことが、子供には、大きな刺激で、僕も将来東大に入って見たいという希望を持つ契機となったようだ。その後、先生は平成22年12月9日に100歳を待たず他界された。藤井病院を継承した現在の大島医療センター（理事長は先生の甥の清水忠典先生・院長は次男の藤井祐二先生）の玄関正面には先生の胸像がある。自宅には、「Keiner sieht wenn ich Durst habe, aber alle sehen wenn ich besoffen bin」というドイツ語の諺が額に飾ってあった。この意味は多分、「酔っ払いはだれでもわかるが心の病はだれもわからない」というもののようだ。私は、医師は細心の注意をもって患者さんを見なさいという戒めのように理解した。先生はこの言葉を座右の銘にしていたのだ。

東大水泳部

藤井先生は、スポーツ好きで、東大では水泳部であったと聞いている。卒業後も後輩の面倒を見ていたようで、先生が東大病院で内臓の手術を受けたとき、水泳部の後輩がすぐ輸血用の献血をしてくれ、一日で集まったというのは、語り草となっている。先生は、最近まで、大島の弘法浜で水泳をしていた。お邪魔すると、テレビでも、いつもスポーツ番組をご覧になっており、本当にスポーツマンだった。先生が生涯かけて、大島の赤ひげ医師として大島中を駆けめぐったその意思と体力は、このスポーツマン精神にあったのかも知れない。

先生の背中

先生にバイクに乗せてもらった時の思い出は、バイクの後部座席に乗り、先生の背中の思い出である。その大きな背中が印象深かった。スポーツマンである先生は、人一倍身体が大きく感じられた。

先生が旧制武蔵高校から東大医学部に進学するについては、その実家である「豊島屋」の並々ならない苦労があったのではないかと思う。調布の義之叔父さんからこんな話を聞いた。戦前、それも昭和の初め頃は、波浮の港の漁業は盛んな頃であり、秋廣家も隆盛な頃であった。その頃、先生の祖母のおぎん叔母さん（秋廣家から藤井家に嫁いだ祖父の妹）が、その兄である豊之介お爺さんに頼みに来たことがあったそうである。それは、息子の豊乃輔を東京の学校に入れて、勉学させたいというものであったそうだ。これに対し、豊之介お爺さんは、東京の大学に行かせる必要がないと言って断ったそうである。これを聞いた先生のお父さん豊乃輔少年の無念さはいかほどであったろうか。秋廣家では、長男、次男、三男とも皆、東京の大学に行かせているのに、断るなんてと思われたに違いない。

これに発憤して、先生のお父さん（豊乃輔）は、東京の大学には行かなかったが、実業で頑張り、豊島屋を盛り立て、初代大島町長にまでなられたのである。そして、自分の息子である豊先生には、旧制武蔵高校から東大医学部に進学させたのではないかと思う。豊乃輔氏の根性が、一見穏和に見える豊先生にも受け継がれていたのではないかと、私は成長してから感じている。バイクに乗って喜んでいた幼い頃は、知る由もなかったが。

第15章　島の雨と風

大島は、黒潮という暖流が流れていることと関係があると思われるが、年間雨量が多い。晴れている時は、太平洋の海原は、まさに、紺碧に輝き、亜熱帯の楽園を思わせる常春の島である。子どもの遊びも、海では、泳ぎ、波乗り、さざえやアワビとり、鰺やムツなどの釣り、天草《テングサ》などの海藻とり等、海での遊びは限りない。陸では、春はサクランボ、梅雨時期にはびわ、夏には、西瓜や瓜など、秋には、グミや野いちごなどを食べた。又、春には、ほんちゃんという蜘蛛やメジロとりがあり、椿の花の蜜を必死で吸ったこともあった。しかし、島はひとたび雨になると、海は灰色となり、風は吹き、一日中家の中に籠もるしかないことが多かった。その為、遊びらしい遊びが出来ない、子どもにとっては全く憂鬱な日々となってしまうのである。

三原山　溶岩流が残る

庭に流れる雨

雨の日の思い出は、板の間の勉強部屋から庭に流れる水を一日ずっと見続けた記憶である。この板の間の勉強部屋は、父が喀血して他界した臨終の場所であったが、父が亡くなってからは、少し改造して私と姉の悳子《とくこ》の勉強部屋となっていた。この部屋は、東と南の二面に窓があり、明るく、雨の時は、庭を流れる雨水を眺めるのに好都合であった。大島の土は、火山灰質で水はけがよいので、少々の雨はすぐ捌けてしまうが、一日中降る雨の場合には、幾筋にもなって庭を流れた。その流れには、木の葉やいろいろなものが流されてくる。時には、蟻や蜘蛛などもあった。眺めていると、その一つ一つの葉っぱや蟻が大きな川を流れて行くように感じられ、それらが、一つの意思を持って、流れにそって、どこか目的の場所に行こうとしているかのように思われるのである。この葉っぱはどこに行こうとしているのか、あたかも、自分がこの葉となってこの流れに沿ってどこに行くのだろうか等、子どもながらの空想をしていた記憶がある。

この空想、夢想の記憶が強いせいだろうか、憂鬱な雨な筈なのに、大人になった現在、雨の日は、何となく心が落ち着く感じがするのは、このような子どもの体験が影響しているのかもしれない。

合羽と傘

小学生の頃、家には傘らしい傘はなく、ましてや、自分の為の雨合羽などなかった。雨が降るとかぶる合羽がないし、傘もないので、学校に行くのが厭で、母に愚図った記憶が沢山ある。母は、大人用の合羽をかぶって行きなさいと、盛んに言うのであるが、私は、何となく「しょうしい」（みっともないという意味）感じがして、愚図ってなかなか学校に行かず、母を困らせた記憶がある。

ずぶぬれの快感

大島の雨は、暖かい。傘や合羽に事欠く生活であったから、よく傘もささず合羽もかぶらずに、雨に打たれて、歩いたり走ったりすることが多かった。いつの間にか、癖になり、ずぶぬれになることが平気になった。このずぶぬれの快感は、都会では味わえないものだったように思う。

壺を引く

私は、雨のときもそうだが、普段でも朝食に自分の気にくわないものが出ると、愚図る癖があり、母を相当困らせた。兄のはるちゃんは、それを、「壺引き」といい、「壺引きみっちゃん」と言って、私をからかった。だれでも経験があるのかも知れないが、子どもは、朝は特別機嫌が悪いのである。壺を引かれる親は大変である。

第16章　死と向き合う

私が小さい頃、大島の三原山は投身自殺で有名となっていた。私の記憶では、他に、熱海の錦ヶ浦もあったが、三原山はダントツに多かったように思う。人の死と向き合うということは、普通、小さい子どもにはないと思われるかも知れないが、太平洋に浮かぶこの島では、人の死は、決して、彼方のことではなく、日常生活の中に存在しており、子どもでも否が応でも、死と直面することが多かったように思う。史郎ちゃんの長兄の和正さんが中学生なのに漁船に乗ってアルバイトをしていたが、その漁船が時化で遭難し、亡くなったり、同級生秋田嘉恵さんのお父さんが筆島の沖でもぐりの仕事の途中で死亡したり、同級生倉持立美君の妹さんが波浮の港で船のスクリューに巻き込まれて死んだりした。これは、大変悲しい出来事ではあったが、何時までも悲しんではいられないのが、島の厳しい現実だった。子どもながら、人の死と向き合うことに慣れてしまったのか、あの世のこと、黄泉の国のことを感じたり、考えたりしたことはなかったように思う。

土左衛門《どざえもん》

私が土左衛門を見たのは、史郎ちゃんと六《むっ》ちゃんと筆島に泳ぎに行っていたときであった。筆島のそばの岩場に寝かされていた若い女の死体であった。肌が白いのが今でも眼に焼き付いている。大人の話では、東海汽船の船から投身自殺したらしいと言うことだった。それはきっと夜だったろうと思った。こんな綺麗な人がどうして身投げなどするのだろうか。どんな苦労があったのだろうか、小学生の私達には、思いつかないことであった。

三原山の投身自殺

三原山は、投身自殺のメッカで有名であったが、小さい私達でも、それは知っていた。三原山の噴火口は、大きな噴火の時以外は、そばまで子どもでも行けて、その火口の中を覗くことが出来た。中学生になってからもしれないが、火口の一〇〇メートルくらい下に、噴煙が立ち上っている様子を見たことがある。噴火口の崖の途中に焦げた一本の木が横に延びているところがあって、そこに、人がひっかかっていたのを見たことがあった。余り

秋廣家の敷地一帯　昔は牛を飼っていた

にも小さくしか見えなかったから、凄惨な感じは受けなかったが、高所恐怖症である私には、ひどく怖かった印象が残っている。

屠殺場

私の家には、多くの動物が飼われていた。牛、豚、めん羊、犬、猫、鶏などがいたが、同時に屠殺場もあったのである。ここでは、月に一回ほど、豚の屠殺をする。豚の場合には、ロープで縛った豚を鋭いナイフで喉を切り裂くのである。その時、鋭い鳴き声がし、島ではそれを「ひなり声」と言っていた。余りにも大きな、鋭いひなり声なので、豚の死は悲しさを通り越してしまい、悲しさより、何か滑稽さを感じさせるものだった。

それに引き替え、年に数度しかお目にかかれない牛の屠殺の場合は、豚の場合とその様相が全く異なるのである。牛は屠殺場に引かれてゆく途中、既に、死を感じるのか、なかなか動こうとしない。これに、まず、手こずるのである。牛は、屠殺場の建物の外に目隠しをして立たされ、その眉間に斧のようなもので、一撃するのである。そうすると、牛は悲しそうな鳴き声をあげ、どっと倒れる。この様子を見ると、たまらない気持ちとなってしまうのである。それで、牛の屠殺を見るのは、厭で、なるべく、子ども達はみんな避けるようだった。しかし、私の場合は、屋敷の敷地の中に屠殺場があるので、お昼時に、あの牛の悲しい鳴き声を聞かされることもしばしばあった。

九死に一生を得る

一度死にかけて生き返るという経験のある人がいる。私の長男真一郎の嫁浩恵は、重い喘息の発作により、一ヶ月も集中治療室に入り、文字通り、九死に一生を得た貴重な体験を持っている。現在は、元気で暮らしているので、こんなことを書けるのだが、三途の川らしきものを見たという。

私は、三途の川は見たことがないが、本当に死んでもおかしくない経験をしている。高校生の時、調布の叔父の家から通学に自転車で調布駅まで通っていたが、ある日、帰り道で、左に家の塀がある四つ角を停止せず、突っ切ったところ、左から自動車が結構なスピードで来ており、私の自転車は、後輪を跳ねられ、私の身体は、宙に舞った。幸い畑に舞い降りるように落ちたので、正に、九死に一生を得た。一秒でも私の自転車が遅れていたら、即死だったと思う。今でも、思い出すとぞっとするが、生きているということは、偶然の積み重ねであり、死はいつも身近にあることを感じさせる出来事だった。

命の恩人

六《むっ》ちゃんは、私の姉悳子《とくこ》ちゃんを命の恩人と言っているが、私にも命の恩人がいる。小さい時のことで、同級生のイー坊や直井のせっちゃん、建雄君などは、忘れているかも知れないが、私はその時の恐怖を時々思い出す。これが、最初の経験である。それは、波浮港に停泊している貨物船の回りで遊んでいた時だった。風のせいかどうか思いだせないが、私の身体が岸壁と鉄製の船の間に挟まれてしまい、このままでは、圧死する状態であった。機転を利かしてくれたイー坊達は、子どもみんなで船を押してくれ、少しの隙間を作ってくれ、やっと助かったことがあった。

私は、この経験を、小さい子どもでも、力を合わせると大きな船まで動かすことが出来る経験として、友達に感謝している。子どもの力で動かせるのではないかと思ったイー坊達の英断に本当に感謝している。

九死に一生、再び

私は、今まで二度「九死に一生」を得たと書いた。二度あることは三度あるという譬があるが、実は、令和二年一月二五日、私は三度目の「九死に一生」を得ることとなった。

それは、事務所の前の九段坂交差点の手前で、タクシーを拾おうとして車道に少し出たとき、急に左折してきた大型バンのミラーに右手を跳ねられ、転倒し、辺り一面血だらけになり、頭を9針も縫う重傷を負ったのである。後続の車の助手席におられた女性の方は、「私達の車が徐行していたから良かったですが、危うく轢くところでした」と言われ、まさに、「九死に一生」を得た出来事だったのである。

右人差し指も亀裂骨折し、救急車で運ばれた飯田橋のメディカルセンターの先生からは、当分ゴルフは御法度ですと釘をさされた。私は、一か月間は謹慎したが、三月にはゴルフを再開した。不思議なもので、それから30台が時々でるようになり、ハンディキャップも

書評・記事掲載情報

◉ 東京新聞　書評掲載　2021年3月27日

『この国の「公共」はどこへゆく』　寺脇研 / 前川喜平 / 吉原毅 著

本書は、文部科学事務次官を務めた前川喜平氏、ゆとり教育を推進した寺脇研氏という二人の元文部科学
僚に原発ゼロ宣言をした城南信用金庫元理事長の吉原毅氏を加えた三人の鼎談集だ。

前川氏が次官時代に出会い系バーに通っていたことの釈明会見で「貧困女性の調査に出かけていた」と話し
時、私は半信半疑だった。ただ、本書を読んでそれは真実だったと確信した。本書で官僚としてとても言いにくいことも
正直に語っているからだ。＜中略＞

鼎談のなかで、私の心に一番響いたのは、「昔の官僚で出世を目指す人はほとんどいなかった」という話だ。私自
の経済企画庁での勤務経験でも、それは事実だ。私に公僕としての崇高な矜持（きょうじ）があった訳ではない。夜
まで同僚と天下国家を論じ、その議論の通りに日本丸が動いていくのが、楽しくて仕方がなかったからだ。

そうした官僚のやる気を奪ったのが、官邸主導だった。官邸の命令通りに仕事をするしかないなら、官邸に忖度（
んたく）して、高い給与や天下りポストを得たほうが有利だ。官僚の行動原理が公から私に変わった。それがいまの
本の行き詰まりの原因になっている。

二人の元官僚の対談だけでも十分面白いのだが、本書を一段上のレベルに引き上げているのが、吉原氏の存
だ。吉原氏は公が失われた原因を、新自由主義とその背後にいる国際金融資本だと喝破する。公の心を失ったの
官僚だけではない。民間も同じなのだ。

新自由主義の下では、すべてを弱肉強食の市場が決める。その過程でコミュニティが崩壊し、富も仕事の楽しさも
巨大資本に奪われていくのだ。

日本社会の在り方を根底から問い直す好著だ。（森永卓郎・経済アナリスト）

◉ 読売新聞　書評掲載　2021年2月21日

「ノスタルジー」バルバラ・カッサン 著　馬場智一 訳

＜前略＞

「人はいつ我が家にいると感じるだろう?」。本書はフランスを代表する女性哲学者によるノスタルジーを巡る思考の
跡だ。自伝的内容から問いを提起し、故郷から切り離されてしまった三者を題材に思考を深めていく。

＜中略＞

本書は、帰還の本質は、土地や国家に帰ることではないと示唆する。人が根差す場は、言語によって形作られる
信を受け入れてくれる繋がりにあるのだと。元の世界に帰れない私たちは今、奇しくも三者と同じ追放状態にある。
まぐるしく変わり続ける世の中で拠り所を探すため、本書は思索の一助となる。（長田育恵・劇作家）

花伝社ご案内

◆ご注文は、最寄りの書店または花伝社まで、電話・FAX・メール・ハガキなどで直接お申し込み下さい。
（花伝社から直送の場合、送料無料）

◆また「花伝社オンラインショップ」からもご購入いただけます。　https://kadensha.thebase.in

◆花伝社の本の発売元は共栄書房です。

◆花伝社の出版物についてのご意見・ご感想、企画についてのご意見・ご要望などもぜひお寄せください。

◆出版企画や原稿をお持ちの方は、お気軽にご相談ください。

〒101-0065　東京都千代田区西神田2-5-11 出版輸送ビル2F
電話　03-3263-3813　FAX　03-3239-8272
E-mail　info@kadensha.net　ホームページ　http://www.kadensha.net

15から13に上がったのである。「禍福はあざなえる縄のごとし」という諺もあるが、折角、三度頂いた貴重な命であるので、くれぐれも自重するよう、妻康子からは厳命されている。

第17章　六《むっ》ちゃんとの劇的な再会

私の子分だった史郎ちゃんは、大島南高校の夜間部に行き、東海汽船のバスの運転手となった。それに引き替え、六《むっ》ちゃんは、中学校を卒業した後、高校には行けず、東京の蒲田の方の町工場に勤めたと聞いていた。六《むっ》ちゃんの兄の健ちゃんは、本当に気の良い人で、秋廣家の前に住んでいたこともあり、秋廣家のことを何でも気持ちよく手伝ってくれていた。私が大学生となり、社会人となった後でも、時々大島に帰ると健ちゃんには会う機会があり、六《むっ》ちゃんの消息は時々聞いていた。六《むっ》ちゃんの仕事は、溶接だったようで、リュウマチとなり、手が曲がってしまったと聞いた時、六《むっ》ちゃんて、本当についてないな、辛い思いをしているだろうなとつくづく思った。

六《むっ》ちゃんとの再会

それは、私が結婚し、弁護士となり、二人の子が小学生であった頃、玉川上水に近い立川の若葉町にささやかな一軒屋を持つことが出来た頃であった。

六《むっ》ちゃんから、突然電話があり、至急会いたいということであった。国立駅に迎えに行ってみると、六《むっ》ちゃんが、二人の子どもを連れて立っていた。もう夕方になる頃だった。一人は男の子で、小学校六年生くらい、もう一人は、女の子で小学校一年生くらいであった。お腹が空いているというので、早速家に連れてゆき、夕食をご馳走したが、妻康子が急いで作ってくれた料理は、カレーライスであった。子ども達も六《むっ》ちゃんも「美味しい、美味しい」と言って食べてくれ、こんな美味しいカレーライスは、生まれて初めてだと誉めてくれた。よっぽどお腹が空いていたのだろう。朝から、ろくに食べていなかったようだった。

六《むっ》ちゃんの話は、こうだった。六《むっ》ちゃんは、工場で働いていたある女性と結婚した。その女性は、男の子の連れ子がいた。その子は、今いる小学校六年生くらいの男の子である。その後、二人の間に女の子が産まれ、その子が、小学校一年生くらいの女の子であった。家族四人で、生活していたが、数日前に、その妻がある男と駆け落ちしてしまったというのである。食事もろくに作れない六《むっ》ちゃんは、子ども二人をかかえ、途方に暮れてしまい、悩みに悩んで、弁護士をしている私のところに相談に来たということであった。小さい時の隣組であり、一応、親分であったから、きっと、親身に相談に乗ってくれると思ったのだろう。

六《むっ》ちゃんの人生最大の苦難

その日は、六《むっ》ちゃんと子ども達は、泊まっていったように記憶している。一晩ゆっくりと話を聞いた。「聞くも涙、語るも涙」という言葉があるが、六《むっ》ちゃんの話は全くその通りだった。六《むっ》ちゃんが、東京に出て、蒲田の工場で働いた後の生活は、いろいろな虐めにあい、リュウマチの病気にかかるなど、苦難の連続であったようだ。職場の女性と結ばれ、人並みに所帯を持ち、幸い、連れ子の男の子は、六《むっ》ちゃんになつき、やっと、貧しいながらも、普通の生活をしていた矢先の妻の駆け落ちであった。

私は、六《むっ》ちゃんの話を聞いていて、これは、六《むっ》ちゃんの人生の最大の苦難であり、これをしっかり乗り越えないと人生の崩壊に繋がる危機を感じた。そこで、六《むっ》ちゃんには、結論がどうなろうと、この苦難に真正面から立ち向かう覚悟が大切だと言い含め、駆け落ちした妻とその男を、当時私がイソ弁をしていた四谷の中川法律事務所に呼び、対決する機会を作ることとした。

対決

ある日曜日であったと思うが、幸い、駆け落ちした妻と相手の男と連絡がつき、話合いの機会を作った。駆け落ちした妻は、男と一緒に来た。その男は、六《むっ》ちゃんには悪いが、男前で、女性がなびくのも無理ないな、これは、六《むっ》ちゃんの負けかもしれないと腹をくくった。その時、私は、その妻に、「自分の人生は自分で責任を持って決めてください」、その男にも、「この奥さんと一緒になるもよし、別れるのも良いが、しかし、責任はきちんととってもらうよ」と申し渡した。この時、ソファーの椅子に六《むっ》ちゃん、その妻、そして、男の順で並んで座っていた。ところが、いろいろ話をしている間に、男よりに座っていた筈の奥さんが、じりっじりっと六《むっ》ちゃんの方に寄っていき、最後には、ピタッとくっつき、二人は抱き合ってしまったのである。これを見たその伊達男は、「チェッ」と舌打ちして、部屋から出て行ってしまった。六《むっ》ちゃんと奥さんは、抱き合ったまま、泣いていた。その男など眼中にないようだった。

六《むっ》ちゃんの優しさ

奥さんから、話を聞くと、その男は、初めは優しかったが、段々お金をせびるようになり、お金がないとなると、夜働けと言うようになり、最後には、暴力を振るうようになった。暴力と言った時、奥さんは嗚咽したが、六《むっ》ちゃんも一緒に泣いていた。

その奥さんは、これも、六《むっ》ちゃんには悪いが、美人で六《むっ》ちゃんにはもったいない位であった。その奥さんに、どうして、こんな見てくれの悪い六《むっ》ちゃんと一緒になったのかと聞いたところ、「優しいから」と言って、又、嗚咽したのである。六《むっ》ちゃんは、本当に優しい人柄なのだと、自分のかつての子分として誇らしかった。奥さんに、六《むっ》ちゃんに対する不満はないかと聞いたところ、奥さんは、二つありますと言った。一つは、仕事の休みの日曜日は、多摩川に一人で釣りにいってしまう、たまには家にいて、家族と団らんして欲しいこと、二つ目は、アパートにお風呂がないこと、であるということだった。

六《むっ》ちゃん家族の再出発

私は、六《むっ》ちゃんに、アパート代が高くなるが、絶対に、お風呂のある部屋を探して、移って欲しい、休みの日の二回に一回は、釣りを我慢して、家庭の団らんを作って欲しいとお願いした。六《むっ》ちゃんには、私は生意気にも女心の機微を教えてあげた積もりであったが、これも、子どもの頃の親分気分を満喫していたのかも知れない。

この六《むっ》ちゃんの事件の話の中で、「みっちゃんは大人になったら、弁護士になると言っていた」という話を聞いた。私には、その記憶もないし、そもそも、弁護士という職業を知らなかったと思っていたが、六《むっ》ちゃんは自分の親分の行く末を本当に真剣に考えてくれていたのかと思い、大変、嬉しかった。

六《むっ》ちゃんの恩人「悳子《とくこ》ちゃん」

六《むっ》ちゃんの人生最大の苦難について、書くにあたり、これはプライバシーにわたる事項であり、六《むっ》ちゃんの名誉にかかわるものであるので、予め、相談し、その了解を得ようと六《むっ》ちゃんと久しぶりに会った。この文章の内容を読みながら話した。私はこの文章を読みながら、何故か、涙が出るのを堪えきれなかった。どうしてだろうか、自分でも不思議であるが、少年時代の貧しいながらも、心を通わせ、弾ませた思い出がそうさせたのであろうか。

六《むっ》ちゃんと食事をしながら話している間に、六《むっ》ちゃんは、「この文章の中には、重大なことが抜けているよ」と言うのである。私は、それは分かっていたが、六《むっ》ちゃんの名誉のため、故意に外していた事実である。六《むっ》ちゃんはこう言った。「私の命の恩人は、みっちゃんのお姉さんの悳子《とくこ》ちゃんだ。便所に落ちて、死にそうになっていたおれを、手で救い出してくれたのが悳子《とくこ》ちゃんだった。悳子《とくこ》ちゃんがいなければ、今の自分はいないんだ。それは絶対書いてくれ」と言うのである。

六《むっ》ちゃんが小学校五年生、悳子《とくこ》が中学三年生の頃だと思う。その頃の島の便所は母屋から離れていて汲み取り式のもので、糞尿は貴重な農家の肥やしであった。六《むっ》ちゃんの家の便所も母屋から離れており、牛小屋の隣にあった。後で聞いた話であるが、悳子《とくこ》が六《むっ》ちゃんの家の庭に何かの用事で入ったところ、皆畑に行ってだれもいなかった。ところが、かすかに六《むっ》ちゃんの「助けて、助けて」という声が聞こえた。姉は、その声の先を探したが分からない、やっと便所の中、しかも肥溜めの下の方であることが判った。どうしようかと迷ったが、今にも六《むっ》ちゃんは沈みそうなので、肥溜めの中に身体を入れて、手を差し伸べて救いだしたと言うのであった。ほんとうに臭い話であるが、悳子《とくこ》がたまたま六《むっ》ちゃんの家の庭に入らなければ、又、勇気を持って手をさしのべなければ、六《むっ》ちゃんは「海のもくず」ではなく、まさに「糞のもくず」となっていたに違いない。まさに、悳子《とくこ》は六《むっ》ちゃんの命の恩人であった。しかし、私が、六《むっ》ちゃんが立派だと思うのは、この事実を一生忘れず、悳子《とくこ》に感謝し、心の支えとしていることであった。ところで、私は姉悳子《とくこ》からこの話は一度聞いただけであった。姉は既に他界しているが、六《むっ》ちゃんの名誉の為に余り話さないようにしていたようである。姉にとっても決死の行動であったに違いない。ほんとうに勇気のある優しい姉であった。

第18章　動物たち

私の家は、秋広農園と言われており、結構広い畑があり、家畜が多くいた。畑には、陸稲、サツマイモ、ジャガイモの他、トマト、キュウリ、ナスなどの野菜もあり、はるちゃんと母が作っていた。私も姉の悳子《とくこ》とよく手伝った。畑にはびわの木が一〇本くらいあり、六月の梅雨の頃、熟れるので、学校帰りに木に登り、史郎ちゃんと六《むっ》ちゃん達とよく食べた。秋には、サツマイモの収穫となり、裸足で鍬をもって、土を掘り起こし、一つ一つサツマイモを土の中からとりだした。その時、足で感じる土の心地よい感触は今でも忘れられない。

家《いえ》の生活が、自然の中にあったように思う。その中で動物もその生活の中に深くとけ込んでいたのである。

たま

猫の「たま」は、毛は真っ白で、目は金目銀目だった。縁起がよい猫として、家族の宝もののように大事にされた。この珍しい金目銀目の猫がどこから、どのようにして家に来たのか覚えていない。私が覚えているのは、初めは、猫は「たま」一匹だったように思う。「たま」の印象は、いつも身体を丸め、目を細めにして、静かに座布団の上に座っている姿である。その貴重な写真が残っているが、全くそのままの写真である。「たま」が怒っている姿の記憶はない。その品の良さは、私の母の性格がそのまま移ったのではないかと思う程であった。

たま

エッチ

「エッチ」は、ポインター種の猟犬で、左足を事故で欠損した為、使い物にならないということで、伝吉丸（波浮小学校を開設した秋廣伝吉翁の家系）の叔父さんから頂いたものであった。はるちゃんは、獣医学校を出ており、けがをした動物の治療や豚の金抜きなどをしていたので、「エッチ」がけがをした時、その治療で預かり、そのまま、引き取ったのかも知れない。

当時は、「エッチ」という言葉は、いやらしいと言う意味では使われていなかったので、どうして「H」と言うのか、特に違和感を持ったことはなかった。いつも左足を引きずっていたが、顔はすごく精悍であったのと、好対照であった。一緒に生活していると、左足の引きずりが全く気にならないようになっていた。これは、はるちゃんの獣医というよりも、弱いものへの優しさがそう思わせたのかもしれない。

めん羊

めん羊は、当時珍しい動物で、大島には、家《うち》以外いなかったのではないかと思う。名前を付けていたかどうか記憶にない。めん羊といつも言っていた記憶だけが残っている。普通は、犬が家の番をするのだが、「エッチ」は左足を引きずっているので、番犬の迫力がなかった。それで、家のめん羊は、殆ど放し飼いとなっていたので、いかがわしい人が断りなしに屋敷に入ってくると、追いかけて、頭突きを食らわすのが癖であった。あるおじさんが、めん羊の頭突きに会い、空中に飛ばされた記憶がある。このめん羊は、極めて貴重で、毎年一回はるちゃんが毛を刈り、東京の緬羊協会に送ると、毛糸が送られてきて、それを母が編んで、セーターなどを作ってもらったことは懐かしい思い出である。衣類もろくに買えなかった貧しい時代のほんとうに嬉しい思い出だった。後のことであるが、私が東大の法学部に入り、湯島天神近くを歩いていたとき、緬羊協会の建物を偶然発見したことがあった。アー、はるちゃんはここにめん羊の毛を送っていたのだと、幼い頃のことを思い出し、温かい気持ちになったことがあった。

鶏

放し飼いと言えば、鶏が十羽ほどいたが、全て放し飼いであった。屋敷のいろいろなゴミのようなものをついばんでくれるので、大変、有り難かったが、唯一困ることは、卵をどこに生むか分からないことであった。その生んだ卵のありかを探すのが、私の役目で、史郎ちゃんと六《むっ》ちゃんの助けも借りて、よく探し回ったものだ。ある時は、家畜小屋の軒裏に、ある時は、竹藪の中に、ある時は、床下にあった。それも、暑い時は、何日も探せないと腐ってしまうこともあり、その探索は必死であったが、はるちゃんは、至って呑気で、探しあてるのが遅れて腐っていても、怒られた記憶がない。はるちゃんも、私たちと鶏との卵探索をゲームのように自然のなりわいとして楽しんでいたのかなと今では思う。私達は、この卵探索ゲームで偶然、軒裏に上っているとき、鶏が卵を生む現場に立ち会ったことがあった。真上から見ると、鶏が座っていて、何か大きくその身体を膨らますにようにして、それがある瞬間にふっと止まり、その後、身体がもとの状態に戻るのである。ふっと止まった瞬間が卵を産んだ瞬間のようだった。思いがけない貴重な体験として、史郎ちゃんと六《むっ》ちゃんと秘密にしておこうと話した記憶がある。ささやかな誇らしい発見であった。

猫の出産とさんま越《ごし》

「たま」は、雌なので、自然と子が増えてしまい、その後、白黒のぶちの「きみ」ともう一匹の猫（名前が思い出せないが）が出来た。二匹とも、雌だったので、繁殖期には、何匹も子を産んだ。そのままでは、猫だらけとなってしまうので、処分しなければならない。その処分の方法は、粗っぽいもので、「さんま越《ごし》」という断崖から海に布袋に入れて放り投げて捨てるのである。この残酷な仕事は、だれもやりたがらなかった。どういう風の吹き回しか、その仕事は、いつも私に回ってきた。姉の悳子《とくこ》と一緒だった記憶もあるが、捨て方に失敗すると、崖の途中に猫がひっかかり、何時までも鳴き声がし、それが耳から離れないことがあった。それで、姉の悳子《とくこ》は、この仕事は絶対に厭と言ってやることをしなくなった記憶がある。私も、猫の鳴き声を聞く夢をしばしば見て、子どもながら辛い思いをしていたのに、何故、こんな残酷なことをやっていたのだろうか。

猫を捨てるのも限界で、とうとう、家には、猫が二〇匹以上となってしまったことがある。その餌をやるのも一苦労で、母も困っていたのではないかと思う。その状態が何年続いたか記憶が定かではないが、ある時、突然、猫が一匹もいなくなってしまった。皆、不思議だ不思議だと言っていた。これも偶然だが、何かの拍子で、家畜小屋の裏のコンクリートで出来た肥溜めの跡に行ったら、猫がまさに二〇匹ほど死骸となっていたのである。びっくりして、獣医のはるちゃんに報告したことがあった。はるちゃんは、死骸を調べたようで、皮膚が一様に毛が抜けたりしていて、皮膚病のようだと言っていた記憶がある。こんなことも世の中にはおこるのだという不思議な体験として、今でもその二〇匹の猫の死骸が浮かぶ時がある。

ラクダの思い出

私は、時々、大島の自宅の松林に多くのラクダが繋がれている夢を見ることがあった。三原山には戦前、ラクダが多くいて、観光に一役かっていたことは聞いていたので、それと混同した夢だったのかと思っていた。ところが、最近、波浮の博古館館長の金子勇さんから聞いた話では、三原山のラクダは、その飼料に費用がかかり、大島では飼いきれずに、昭和二三年頃、波浮の港から内地に積み出されたということであった。それが事実なら、波浮の港から積み出される前に、我が家の松林に沢山のラクダが繋がれていたのは、事実だったのである。

月の砂漠の歌を歌い、聞くたびに、私は、松林のラクダを思い出す。

第19章　史郎ちゃんを語る

史郎ちゃんは、一二人の子の六番目で、私と兄弟のように育ち、遊んだ。「みっちゃん、いるー」と言って、いつも家にくるのである。「いるー」というのは、標準語で訳すと「いますか？」という意味である。史郎ちゃんは、六《むっ》ちゃんと同じ、一年下の学年であった。私が七歳の時、普通は男の子は五歳が七五三であるが、何かの事情で遅れて、祝ってもらったことがあり、その写真が今でも残っている。その写真には、母と史郎ちゃんと私の三人が写っているから、きっと史郎ちゃんは、五歳のお祝いだったようだ。史郎ちゃんは、緊張してしっかり立ち、カメラを見て写っている。当時は、着る洋服も事欠く時代だったが、何となく一張羅の洋服のように見える。母はもう五十を越えていたと思うが、私は母の品の良さと母親らしい美しさにいつも見とれていた。

三原の史郎ちゃん再考

最近、史郎ちゃんと波浮の港の「西川」という寿司屋で一緒にお酒を飲みながら、昔の思い出話をした。その時、私は、史郎ちゃんの涙を初めて見た。それは、自分も昼間の高校へ行きたかったが、家の経済事情で、夜間高校に行かざるを得なかったという話を聞いた時であった。史郎ちゃんが、高校進学する昭和三五年頃は、大島でも、漸く、多くの子が高校進学を真剣に考える時代となっていた。高校に行けないことは、友達も失い、将来の夢が萎むようで、本当に辛いことだったと思う。実は、私も日比谷高校の受験に落ちたら、史郎ちゃんと同じに、夜間高校に行き、大島で農業に専念しようと密かに決意していたので、史郎ちゃんの涙は、他人ごとではなかったのだ。

のみの夫婦

史郎ちゃんのお父さんとお母さんは、二人とも大柄の方で、お父さんは、新店《しんみせ》旅館の次男、お母さんは、東京生まれの方で、女優の小桜葉子と遠縁の親戚関係があり、若い頃は相当の美人だったそうである。このお二人は、昼間よく口論をしていた。特に、お母さんの声は、高いので、隣に住んでいる我が家にもよく聞こえた。母もこの喧嘩は恒例なので、特に、気にもかけていない様子であった。

私は、子どもながら、この口論は気になっていたが、こんなに昼間すごい口論をしているのに、どうして一二人もの子どもが出来るのか不思議であった。人間は、昼と夜では、生活も人格も変わるということは、大人になって知ったことである。

ところで、ある先輩は、史郎ちゃんの両親は、のみの夫婦であると言ったことを聞いたことがある。私には、お父さんも相当背が高いので、のみの夫婦とは到底思えなかったが、大人から見ると、お母さんの存在感が相当大きく映ったのであろうか。それとも、子どもに知らない世界があったのであろうか。

史郎ちゃんの大きなおへそ

三原の史郎ちゃんのトレードマークは、垂れた二本鼻と、もう一つは、でべそであった。私の叔母静子さんの長男は、晃一君といい、私より一つ下であり、史郎ちゃんと同じ年であった。

お父さんが東京で炉材メーカーの社長をしており、本当のお坊ちゃんだった。夏休みに大島に避暑に来ていたとき、私の家に来て、一緒に遊ぼうと、史郎ちゃんを呼びに行ったことがあった。史郎ちゃんは、畳の部屋で寝ていたが、お腹を丸出しで寝ていたので、でべそも丸見えであった。何を思ったのか、晃ちゃんは、いきなり、史郎ちゃんのおへそに噛みついたのである。史郎ちゃんは、びっくりして、飛び起きたが、気がつくと、余りのおかしさに笑い転げてしまったのである。晃ちゃんは、どうして、おへそに噛みついたのか、お腹が空いていて、史郎ちゃんのおへそが、コッペパンか何かに見えたのか、それとも、何かもっと美味しいものに見えたのか、晃ちゃんが他界してしまった今は、これは永遠の謎である。

史郎ちゃんと六《むっ》ちゃんの再会

史郎ちゃんは、東海汽船のバスの運転手を勤めあげ、現在はのんびり余生を送っているが、大病を患ったこともあり、私が大島に行き秋廣本家の家で一杯やる度に六《むっ》ちゃんに会いたい会いたいと言うのである。そこで、横浜で六《むっ》ちゃんの娘さんの引率で20年ぶりに会った。史郎ちゃんも六《むっ》ちゃんも昔を思い出し、涙涙であった。そして、その年の9月に、六《むっ》ちゃんと娘さんは大島に来てくれた。クダッチのスナック福助で飲み歌い語らった。

秋広優人選手のこと

令和2年秋、読売巨人軍にドラフト5位で入団し、活躍している身長2メートル2センチの秋広優人君は、実は史郎ちゃんの親戚筋である。お祖父さんの秋廣芳和さんは、波浮小学校、中学校では私と一緒で2年後輩だった。既に他界されているが、野球、水泳など波浮を代表するスポーツ万能の少年であった。優人君はれっきとした秋廣平六の末裔である。今後の活躍を心から願っている。

第20章　英郎兄さんのこと

先の旧版「波浮の港」では英郎兄さんのことは一言も触れていなかった。それには触れたくない理由があったのである。

英郎兄さんは、平成31年3月4日大阪で他界した。

私は、その遺骨を大阪までとりに行き、大島の秋廣家の菩提寺である海中寺に納骨した。それまで約1ヶ月ほど国立の自宅に遺骨を安置し、供養した。

私が英郎兄さんのことをこの本で取りあげようと思ったきっかけは、英郎兄さんが他界して1年たった命日に、一人娘の美加ちゃんから突然電話があったからである。美加ちゃんは私が英郎兄さんの遺骨を引き取ったことを知り、お礼の電話をかけてきたのである。

実は、英郎兄さんは美加ちゃんのお母さんである江津子さんとは30年程前に離婚し、美加ちゃんは江津子さんに引き取られ、30年程英郎兄さんとは交流がなかったのである。その電話は、父には言い尽くせない苦労をかけられたが、今では、唯一の父として良い思い出もあり、憎んではいないこと、私達はあの阪神・淡路大震災をまともにうけ、仮設住宅暮らしをしたが、母が被災者支援を献身的に行い、そのことが新聞にまで載ったこともあり、自分は認知症になりかけている母を支えて元気に過ごしていることなどであった。私は、一番心配していた美加ちゃんが誇りをもって立派に生きていることに、心から嬉しいと思ったのである。

英郎兄さんは、父が死んだ後、調布の義之叔父さんの世話になり、都立千歳高校、慶応大学に進み、都市銀行に勤めた。その後、母の親戚となる船会社に勤務し、神戸で江津子さんに出会い、結婚し、一粒種の美加ちゃんが産まれたのである。しかし、いつからどうしてギャンブルにはまったかわからないが、麻雀、競馬に染まり、身を持ち崩してしまった。英郎兄さんの人生は、父の人生とどうしても重なってしまうのである。

最近、私はある依頼者の方のご主人が、千歳高校で英郎兄さんと同級生であったことを知らされた。その方はお医者さんであるが、秋廣という名字が珍しいので覚えていて下さったのである。奥様のお話では「英郎さんは大変優秀な学生であった」と言われたそうである。そんなに優秀で、一流大学を出て、一流会社に勤めながら、何故ギャンブルで身を持ち崩してしまったのだろうか。

私には一つ思いあたることがある。それは、最も多感な青年時代に父をなくし、親戚とはいえ、叔父さんの家で気を遣いながら育ち、強気で意志の強い、そして、泥酔すると兄である父を厳しく非難する義之叔父さんの前で自分自身を見失ってしまった、自分の寄る辺を失ってしまったのではないだろうかと思うのである。

父を失うこと、その父がこっぱみじんに批判されることは、自分自身を見失うことではないだろうか、77歳になった今、私は思うのである。そうして、英郎兄さんを一人の人間としてもう一度見直してあげたいという気持ちになったのは、美加ちゃんの先の言葉であった。

第21章　父と母の往復書簡

父と母の往復書簡は、１００通を超えるものであった。母は、それを死ぬまで大事に保管していた。私は、今回初めてほぼ全文を読んでみた。それは、結婚前から結婚して間もない頃までで、大正末期から昭和の初めにかけての時期であった。

私が、特に印象が強かった手紙を二つ引用する。長い手紙であるが、若い二人のお互いに対する深く細やかな愛情が感じられ、この両親から生を受けたことに素直に感謝する気持ちになった。

父から母へ　（大正12年9月、早稲田大学便箋　十ノ廿　松屋謹製）

震災に続く余震まあ余震で東京近辺は人心恟々としております。東京では今明日中にまた大地震が有りなぞ下らない流言があるので皆、変な顔なぞして中には御苦労様に昼の内は戸外に出て避難の用意をするなぞ滑稽なのもあります。滑稽どころか寧ろ悲喜劇を演じて居る有様です。人の心の中に余震の度毎に9月1日の出来事がまざまざと甦って来るのです。そして再び来はしないかという不安がかすかながら彼我を苦しめて居ります。伊豆山の方はどんな具合ですか。それでも今後は無事でなによりのことですね。

丁度昨日の朝学校に参りました所、告知板に伊豆山の地方が被害が多いらしい丁度熱海に避難中の高田早苗博士（早稲田大学総長）の身辺心配に付き学校より自動車にて取急ぎ見舞したればタ頃本大学新聞の号外を以って発表するという掲示が有ったのでほんとうに驚きました。学生も皆色を失って居りました。僕にはまた別様の心配で今度!!　はと思いました。いずれにしろ至急端書を出そうと思い帰宅し電報はどうかと思って局へ参りますと電報は何所でも不通との事ですからそれではまあ端書でもと思ってあの端書を出したのでした。丁度貴女のと往ちがいでした。大島の様子はまだ不明ですけれど心配は無いと思っております（丁度ここまで書いた来た時一寸ゆれて来ました）貴女もきっと今頃はびっくりして飛び出した方でしょうね。僕は泰然自若少しも驚かないで（少しあやしいけれど）貴女に出すべき此の手紙を書き続けております。それから、その端書の一日前に封筒で手紙を出しておきましたが受け取りましたか？　その中には僕の写真も同封して置い

母・ひろ子

父・博、1924年（大正13年）

たのですが、御覧になったらご返事下さい。それから御病気はどうですか？　心配しております。詳しく御知らせ下さい。非常に寒いからよくよく御自愛下さい。東京は天然痘が大流行で戦々恟々としております。もし僕が罹ったらどうしましょう。変な顔になったらほんとうに悲観しますね。結婚して呉れる人が無くなるでしょうね。何時も友人なぞと話で大笑いしたり恐れたりしております。昨日でしたが友人が来て「ひろちゃん、君大いに養生したまえ、種痘か？　大いに君はする必要が有るね」「何故僕ばかり種痘する必要がそんなに有るんだい？」と僕が聞くと、親友の前田と浦井というのが、顔を見合わせて笑いながら、浦井というのが「だって、君　ひろ子さんに失望させるよ、失望どころか百年の恋もさめるぜ、僕のように君はまだ確実に結婚していないのだからね。ほんとうに僕は君の為に敢えて忠告するから、種痘したまえよ。」と僕をからかいます。それで僕は「だって、僕の方は婚約時代にあるのだからまだいいのさ。君の様に只一人ある奥さんにきらわれたら、もう駄目よ、だから君こそ君の奥さんの為に種痘し給えよ」というと、前田だが「そうそう、靖ちゃん（浦井の事）のように美しい奥さんが有る人は特に必要かも知れんね。君、奥さんの為めだからやるんだね」と僕に賛成する。「そんな事あるもんか、一旦結婚した以上たといどんな事になろうとも、そんな薄情なんでは無いさ、僕達はそんな薄っぺらのとはちがうさ」と僕と前田にちょっとあてるのである。そこで僕もそれに応酬して「何に、それは君の場合は結婚と云う法律的な束縛があるからと云うのだろう、それは君未だ未だ薄っぺらだよ、僕なんぞそんなぎこちない拘束の為の下なくても眞に覚めたる愛の下だよ」と云うと、前田が「二人とも対象があると思って、いやに僕に当てるんだね、今に理想な人が現れるから、その時は、僕のみが新しいのだから、その時は大いに君達に、眞の愛と云うものがどんなもの有るか示すさ……」すると、浦井が「そうだった（前田の事を）よっちゃんまだなかったんだね、それこそ大いに種痘すべきだ、それから理想の人を求めんとする人がどうして天然痘なぞにかかられるものかね。そろそろ博ちゃん、君の御叔父さんに頼

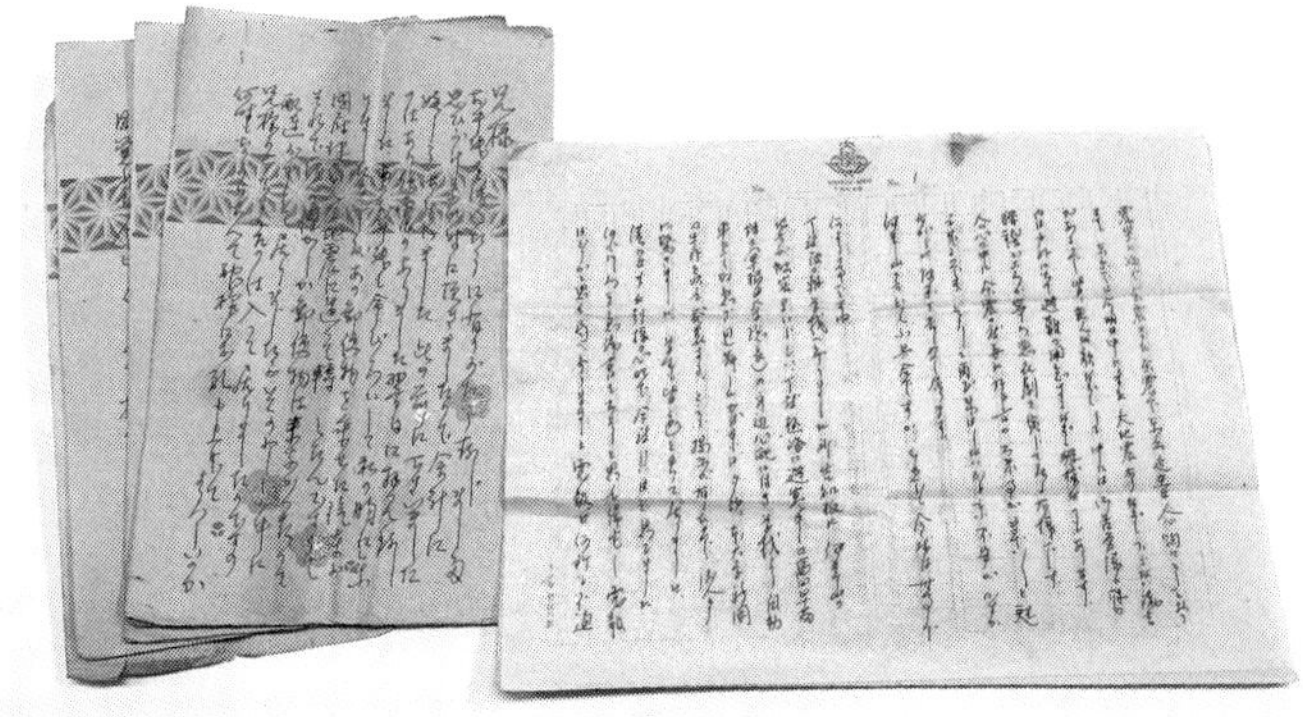

引用した手紙

んで一つ完全に種痘をやってくれ給へ、あんな変な顔にならない様にさ」と言うので、三人は期せずして笑いました。こんな会話が若い人の間に盛んに行われております。それほど天然痘は恐れられておるのです。地震に、天然痘　都もまるで終わりの様ですね。つまらぬ事を書きましたね。それから湯原様とはしばらくお目にかかりませんが、御所は前と御変わりになってないでしょうか？　お知らせくださ い。

それでは今日はこれで失礼します。乱筆で失禮ですが、御判読ください。今丁度夜の十二時過です。

さらば　　二十日夜

博

ひろ子様

母から父へ

兄様

お手紙をほんとうに有りがたう存じました。思いがけない時に頂きましたので、余計に嬉しく御座いました。此の前に下さいましたのは、あの強震のありました翌日に来ました。あのお手紙も命びろいして私の胸に来ましたの。丁度あの郵便物を乗せた車が國府津の先で地震に遇って転倒したんですって　それで僅かしか郵便物は来なかったって、配達の方が申して居りましたが、その少しの中に兄様からでしたのは入って居りましたのですの何時もながらなんて神様にお礼申し上げてよろしいのかわかりませんでしたわ　お写真有りがたく存じました　お久し振りでお目にかかれて嬉しく御座いました　見違える様に大人らしくおなりで御座いますね　以前とは大分御変わりになりましたわ　ジェントルマンの素振りをお作りなさっていらっしゃるのですものね　前に頂きましたのはお友達の様に思えましたけれど、今度のは偉大な男性！　と云う様でおごそかな感が増して来ましたお写真拝見しまして又急にお目にかかりお話したくなりました　でも私お目にかかっても恥ずかくてお話が出来るかしら　天然痘ですけれどあまり感心しない病気ですわね　ポツポツ穴があいて廿世紀の人の様ではありませんのね　まああんまり悪口を云っている間に

父母の往復書簡

私でも罹ったら大変ですわ　それに兄様に申し訳がありません　でもね兄様人の運命ってわからないものですから今度お目にかかれるまでに私達はどんなに変わるかわかりませんね　何卒心だけは離れません様にそして何時までも清い美しい心になります様にと祈りして居ります　大島の方も大して御変わりない様で御座いますのね

新聞では見えませんので殆んど安心しております。あの一五日の午前五時五十分頃でしたわね　九月以来始めての強震にお寝坊さんの私達はまだ床に就いて居りましたの　何ですか余りガタガタ揺れますので目を覚ましましたらもう皆は床の中から飛び出して居りました。それで私も急いで廊下に出ましたの　外はまだ薄暗くございますのに電燈は波の様にゆられて遂に消えてしまいました。尚続けて揺れて居りますので、又前の時の様になりはしないかしらと皆で抱き合って居りました。其の内に東の方にボーツと火が燃え上がりました　火事だーと誰か表に飛び出して居りました人が叫びました　火事では大変と又急いで室へ入って着物を着換え、皆で下へ降りました　でも幸ひそれは遠くの方で炭釜が落ちたとの事でしたので、安心致しましたけれど、又此の後どんなに大きく揺れて来るかしらと思ひまして不安で不安でなりませんでした　「神様は守っていて下さるけれど　どうせ死ななければならないものなら皆で一緒に死にたい」そう申しましては皆で顔を見合って居りました。凡そ　廿分かもっと揺れましたかしら　それで漸く止みましたので、もう大丈夫と皆で仕事につきました。十分か廿分かおきには少しづつ揺れておりますけれどもうすっかり落ちついて居りました。前にも申し上げました様に大した被害は御座いませんけれど折角築き上げた石垣が崩れましたところもある様に聞いて居ります　私の家なぞでも前の方の石垣は少しゆるんでしまいましたの　こんなに何度も揺られましたのでは復興に目覚めた人達の心に挫折を来ませんように祈っています　長く御心配をおかけいたしましたが、私の病気はもうすっかり快くなりましたの　毎日元気に働いて居りますので、ご安心くださいませ　いやな夢も見なくなりましたの　やっぱり病気のせいでざいませう

兄様は色の中で何がお好きですの　私は白と菫

　東より吹くらむ風の身にしめば　君やいとおし木枯らしの宵

梅の香の匂へる由はきくてあれど　尋ねんふしのなきぞ悲しき

百廿二　夜

寒い宵　広子

御兄様　まゐらす

第22章　皆さんの感想文から

新版にこの章を載せたいと思ったのは、実は、旧版『波浮の港』約一〇〇〇部を私のゆかりの皆様に贈呈したところ、約四〇〇通ほどのお礼の手紙を頂いたことであった。その手紙は私にとって大変貴重なものであった。その特徴は、この本を読んで、場所や時代は異なるが、一様に自分の育った子供頃のことを思い出した、温かい気持ちになったというものであった。私は一人一人の手紙を拝見して、私自身が励まされ、いろいろと教えられたと思ったのである。そこで、そのほんの一部ではあるがいくつかの感想文を掲載させていただくこととした。

1　U君「波浮の港」を読んでの感想

あちこちに知っている名前や、聞いたことのある名前が出てくるので、50～60年前にタイムスリップし、今浦島のような気分になってしまいました。

私の中学校頃のある夏の思い出になるが、「筆島に泳ぎに行こう。」と希望者をつのり、4～5人で行くことになった。確かにその中に道ちゃんもいた。2～3時間泳ぎ、カニやサザエを焼いて食べ、またたく間に時間が過ぎてしまった。泳ぎ疲れた帰り道のことであり、お腹がすき、喉が渇き、皆まいってしまった。そこで考え付いたのが「この近くに波浮中の坂口校長家の畑がある筈だ。」と言う者がいた。そして、誰言うとなく「スイカを盗み、皆で食べ、喉の渇きを潤したらどうか」と言うこととなり、実行に移したのでした。喉の渇きは潤された。帰りに、道ちゃんの家に皆で寄った。するとお母さんが出てきて「皆さん、お昼を食べていないでしょう」と言い、クリームパンを出してくれた。このクリームパンの美味しいこと、美味しいこと、後ろめたさとともに、今でもこの味を忘れることが出来ない。

道ちゃんの本を読み、改めて昔を振り返り、子どもの目を通しての日々の生活の豊かさを感じた。物質的な部分ではなく、精神的に豊かないい時代だったと思う。

私はこの本の神髄は、Ⅱの「私の平六伝」の中に込められていると思う。今まで、道ちゃんは平六についてあまり語らなかったが、前回のクラス会で、たまたまバスの座席が隣同志になった時、平六についての話をしたのを覚えている。今回の「平六伝」は今までと違い、論理的で生き生きとし、「平六は底知れない冒険心旺盛な男」であったことが良く理解できる。康子さんの古文書への探求心や周りの人の協力があってはじめて、今日の「真の平六像が掘り出された」ように思いました。

2　T先生

秋の深まりがあまり感じられない病院、十月二十日入院手術し今リハビリに専念しています。なつかしい波浮、つい〻一気に読ませていただきました。1年生当時のみっちゃん、入学式のことからよく覚えています。何しろ波浮のこども達はかわいかったですよ。暮色の港、さばを両手に登校し、途中の我が家に置いていってくれた浜の子、思いおこせば楽しいことのみ浮かんで来ます。もっと〳〵人情のあつさにふれたいと再読したいと思っています。

3　Yさん

「波浮の港」出版おめでとうございます。なつかしく、たのしく、おもわず笑ってしまったり、ひきずり込まれて一気に読みました。「良く覚えている」の一言です。「へー」「そんな事あったの?」等と……私も昔の子供にもどり思い出し、なつかしくひたりました。

今、思えば知らない事も多々あり、知らないまま生活していたような気がします。一か月に一度、島に行っていますが、変わっていく島を淋しく感じます。同級生の皆に送って下さったのでしょう。厚く御礼申し上げます。

4　Oさん

秋廣さんの「波浮の港」を拝読いたしました。面白く、また、読みやすかったので一気に読みました。読み終わって、心が温まった気持ちになり、ますます秋廣さんが好きになりました。

「I　波浮の港の思い出――子どもたちは見ている」が圧倒的に面白く、子分の史郎ちゃんと六ちゃんを中心に、ご家族、島民の皆さんとの思い出が、生き生きと書かれていました。

特に、「サツマイモとおなら」「晃一君が史郎ちゃんの出べそを噛む」では思わず吹き出してしまい、「六ちゃんとの劇的な再開」では、自分の人生を重ねながらしんみりとしました。「新婚家庭」のお色気もあって、これだけ〝読ませる〟文章は書けないものと改めて感心しました。そこで、秋廣さんは弁護士の傍ら、エッセイストの副業をされたらと老婆心ながらお勧めいたします。

5　Mさん

ご無沙汰しております。

何処から、何が届いたかと思ったら「波浮の港」。いい本をいただきありがとうございます。大変面白く、また自分の子供の頃の思い出とダブるようなところもあり、どこか懐かしいような思いで読ませていただきました。子供の頃の事を本当によく覚えておられるんですね。文章もとても読みやすく有名なエッセイストのものを読んでいるようでした。

七人株の吉本紋助、菊池次郎部兵衛は、あの吉本さん菊池さんの先祖ですかねぇ。大島は私も大好きなところで年に1度は出かけています。目的は専ら海の中で、定宿は野田浜なので波浮の方は余り行きませんが今度は波浮にも行ってみたくなりました。「西川」は寿司うまいですか。最近は都GCもご無沙汰してしまってますが、またいずれお会いしたいと思っています。先生のトアエモアも聞いてみたいし（笑）。古文書研究家の奥様にも宜しくお伝えください。

6　Tさん

本日貴兄の出版された「波浮の港」いただきました。おめでとうございます。ホールインワンも気持ちよいでしょうが、ブックインワン（？）と言う言葉があるかどうか知りませんが、法律の片手間にこんな本を書かれていたとはさすがです。暇を見てじっくり読んでみたいと思います。同年代の人の過ごした時の流れと回想には共感できることが多いのではと期待しております。私にまでお贈りいただきありがとうございます。私はせめて「波浮の港」という曲を口ずさむ程度しかできませんが、次回の再会を楽しみにしております。取り急ぎ御礼にて失礼いたします。

7　Kさん

このたびは、「波浮の港」をご恵贈賜り、有難うございました。金曜に拝受し、ぱらりと見て通読を楽しみにしておいて、昨晩、一気に拝読しました。

秋廣先生の、両親さま、お兄さま、お姉さま、ご親戚、「子分」たち、その他関わる全ての人々への愛情、大島、ご先祖様への愛情、を深く感じました。

また、偽らざる筆致に、先生の素直なお人柄（素直で、またやんちゃで、そして一生懸命で、などなど……）が、全編から感じられて、とてもほっとするご本でした。有難うございました。まだまだお忙しいとは存じ上げますが、いよいよ平六様版をお待ち申し上げております。朝晩は肌寒くなって参りましたので、くれぐれもご自愛のうえお過ごしくださいませ。

8　Sさん

土曜・日曜日で「波浮の港」を読ませていただきました、近くって遠い大島が先日のM君の事やら先生の本のお陰で何か非常に近い親戚みたいな感じになりました。大島には素晴らしい人が生活をしているのですね。藤井さんのように東大医学部を卒業され地域に根ざした医療活動をしている人など秋廣先生の周りには本当に良く勉強して、頑張っている人が沢山いますね。お兄さん（亮治）が桐朋の先輩であったり、調布は弊社の情報事業部の拠点でもありますので本当に色々と縁がありますね。M君とも本当に久しぶりでの再会でしたが、ビックリする事ばかり、嬉しい事がかさなり感謝・感謝です。大島に行き、私も波浮の港も歩いてきます。今後とも宜しくご指導をお願いいします。

9　K君

御著「波浮の港」お送り下さり有り難うございます。

楽しく読ませていただきました。近頃あまり楽しい事が少ない為余計にそれを感じます。というのは貼付してお送りします「尖閣列島問題」について調べれば調べるほど、嫌悪感が湧きあがる今日この頃です。ぜひお暇な折にお読みください。御著について感想を書かせていただきます。

1　君は実に豊かな幼少年を送られていたのだな、と羨ましく感じました。自然に対し、家族に対し、友人に対し、あるいは先祖に、育んだ大島という地域に、自然に愛情をもっている。君の優しさはそんな周囲との愛情ある「関係」から生じたのだと理解できました。翻って小生には、およそ優しい人間関係とは無縁に育ってきたようです。別に誰を憎む、憎まれるという事はありませんが。ただ幼少から一人でいることに何も苦痛に感じず、四周は愛の対象であると感じることなく、むしろ潜在意識としては「警戒」の対象だったようです。私の孤独癖は栗のイガのように身を守る手段なのでしょう。だから、この年齢になって平気で一人暮らしができるのかもしれません。

2　君は小生の為に、全寮連をやらねばならなくなった、と言いますが、私には最初から「無理」なのです。君のように人への「愛」を感じていない男には、そうした「仕事」はそもそも出来る訳がないのです。「君は君の道を歩め。僕は僕の道を選ぶ」というのが私の信条ですから、私であれば、他人に責任を持つ仕事は出来る訳がない。

3　失礼かもしれませんが、君の文才そして詩心に感心しました。詩的かつ抒情的な、まろやかな文章だと思いました。それは対象に対する君の愛情、優しさのためでしょう。けっして私には書けない類の文章です。残念ながら私は「感情」を表現するとき、何処かに「刺」を見出さないではいられないのです。つまりこれまで「書いた」文章（「薬害」でも高脂血症などの医学的なレヴューでも）は全てこれ「批判」、「怒り」を表現していました。幼少時の思い出、あるいは青春時代を書くことはありません。書くと「血」が出てくるかもしれないので、思い出したくないのです。

追）御著はＭDr.に送られましたでしょうか？　彼も「自分史」を書いておりますが。彼は出来るだけ「自分」をださない「小説」を書きたいと言っておりました。御著は秋広道郎という人間を全面に出していますが、それが私の中で一つの人物像をしっかり作っていると感じました。

10　Ｍ君

貴著　早速拝読しました。僕は満州からの引き揚げ者の子供だった上、同じように小さい頃に父を亡くしたこともあり、高校まで転居の繰り返しでした。従って、幼馴染みとの交友の記憶もありませんでしたから、そこに焦点を当てた君の本をとても興味深く一気に読み終えました（まあ、時間が有り余っているせいもありますが）。昔から君には大人の風格があると思っていましたが、子供の頃からガキ大将であったと知って納得がいった次第です。面白い本をご恵送賜りありがとうございました。取り急ぎ御礼申し上げます。

11　Aさん

22日に波浮の港が届きました。ありがとうございます。早速に読ませていただきました。読書感想文とまではゆきませんが、感想を……

秋広平六翁については、大島旅行の際読ませていただきましたが、秋広さんの幼少時から現在と平六翁との絆を本にされ、時代背景が懐かしく身近に感じました。

写真も挿絵も良かったです。お友達の六ちゃん史郎ちゃんの思い出や再会の頁では、涙が出ました。実は、月曜日出勤したくなくてずる休みしまして、一気に読んでしまいました。人の人生を垣間見て自分の人生と重ね合わせていました。懐かしがったり、島の様子が手に取るように分りました。文章にする難しさを書かれておられましたが、項目ごとに分りやすく書かれていて一気に読めました。大島の地がまた身近に感じられました。爽やかで人に薦めたい本です。ありがとうございました。

12　Kさん

拝復

ご立派な力作が届いていたのに、送り人が花伝社（小生は関係したことない知らない会社）となっていたので、直ぐに開封することなく数日過ぎてから開封する結果となり、このように御礼が遅くなり失礼、申し訳ありません。このたびの奄美大島がマスコミを賑わすまでもなく、大島という文字が目につくたびに、伊豆大島出身の貴兄を思い出して、また石川遼が騒がれるたびにゴルフの貴兄を想起して過ごしてきました。

貴兄の著作は本物ですが、近年、容易に個人的にルーツとか自叙伝的なものを書いて出版することが珍しくない時代となっているようです。進学進路では文科ではなく理科系統を選んだ小生ですが、これは、弟と同時の東大受験となったため、同じ部門を志願して競争率を高くするのも気がひけて、子供の頃から東大法学部と決めている弟に気兼ね？して、私の方が法学部志望を遠慮したもの。もともとは、小学校時代から、作文、作詞、作曲等の創作が大好きで、政治家、官僚、弁護士、の仕事を含めて、著作等の文科的な仕事は望むところでしたから、小生が言い出さなければ実行されない、小中学校の同期会、クラス会、会社所属部門の集会（含むゴルフコンペ）では、当日の幹事役に加えて、開催後の記念の文集編集とか余計な仕事も引き受けて、（そんなことには興味持たない人もいますから）出来上がった作品を喜んでくれる人がいるのを知るのが楽しくて、そんなことに、随分、エネルギーを使ってきた者ゆえ、このたびの、貴兄の力作を拝見して、人一倍、たいそう楽しませてもらいました。

父が亡くなった20年前には、父が書き残したK家小史に加えて、大勢の親戚のかたがたに寄稿をお願いして父を偲ぶ文集を作ったものです。残部があるはずなので、貴兄に、今、お送りしようかとも思いましたが、何の役にも立たないこと。さすが、そこまですべきではないと思い返して止めました。

そんな性格で、貴著に興味津々の小生は、セ・リーグのクライマックスシリーズが無くなってあいた時間に初めて開封した日に、一気に読破。随所で感心、感激したことは、言うまでもありません。しかし、これだけの言葉では小生の貴兄に対するお礼の気持ちが十分に伝わらないので、以下、まとまりないものの、本当に読んだということを示す文章を、ちょっと、書いておきます。

「村長」という言葉が出てくると、小生の祖父（母の父親）が、今の長野県岡谷市、嘗ての平野村（当時、日本一大きな村で養蚕業で名高かった）の村長で、今も現地に銅像が立ったりしていることが、貴兄の環境と似ていますね。藤井先生の「武蔵高校」は、我が家から10分の所。今は西武池袋線江古田駅ですが、当時は武蔵野線と言っていたもので江古田駅を使われたことでしょう。校歌が貴兄の場合、中学、高校とも「土岐善麿」氏とは珍しいことですね。「女優の小桜葉子」の名前、久しぶりに拝見。小生の小学校の級友に加山雄三のいとこがいて6年間親しく遊びましたが、小桜葉子は彼のおばさんに当たるわけで、子供時代に初めて知った女優名です。長治伯父上様の八高（金沢）ですが、八高は名古屋で、金沢なら四高です。子供の頃から旧制高校、帝国大学卒の父から、旧制高校の話を耳にたこができるほど聞かされて育ちましたから記憶に誤り無いはずですが。もっと書こうと思っていましたが、只今、やむをえぬ用事ができましたので駄文は急遽、このへんにします。弁護士の文章は固いものでしょうから、このたびの著作に示された軽妙な文章を拝見して、貴兄の多才さに感心しきり。

定価もかなりな立派な著書をいただいて、早速、金子をお送りすべきですが、封筒に現金入れることは違法ゆえ、弁護士さんへはいっそう違法行為は慎むべきと思い、心ばかりの、上梓お祝いのつもりで粗品をお送りしました。ゴルフのチョコレートのおつもりで御笑納下さい。まずは、謹呈御礼と、御礼遅れのお詫びまで。向寒の侯となりつつあります。御身、御大切に。　　敬具

13　Hさん

ご無沙汰いたしております。この度は、波浮の港　をお送り頂きまして誠に有難う存じました。全寮連の活動時代、貴方が都寮連の旗を嬉しそうに掲げていたことは眼に焼き付

いておりますが、大島出身とは初めて知りました。（平田さんが岐阜で塩崎さんが四国などは記憶にありましたが。）通読させていただいての読後感は、豊かな、爽やかな貴方達の少年時代を追体験出来たということ。感性的には、トムソーヤー等に似た世界が淡々と語られており、昔見た「四万十川」という映画のイメージも感じました。平六伝は、江戸時代の冒険者、開拓者の一端を知りました。最近『天地明察』という本屋大賞受賞になったという小説を読み、江戸時代の和算、暦学、天文学などの様子を垣間見ましたが、貴方のご先祖が、伊豆近辺　大島など日本の領域を確定したりする先駆者であったということは感銘です。

小生、今年は、6月に四国、8月は、ベトナム、10月は孫のいるシカゴへ行きました。シカゴから、200キロ位のスプリングフィールドというリンカンの活躍した町にも行きました。竜馬、ホーチミン、リンカンなど歴史に名を残す偉人のゆかりの地に行けたわけです。リンカンは1809年生まれ、65年に暗殺され、竜馬は1835年生まれで67年に暗殺される。ホーチミンは、1890年生まれで、1968年　ベトナム戦の終結を見ずに死亡。それぞれ、迫力のある人生ですが、1867年は、夏目漱石と小生の父方の祖父　荻原清作の生まれた年です。祖父は1948年に亡くなりました。平六氏は　175

7年生まれで、1817年没というと、リンカンと同時代を生きたことになります。竜馬の暗殺された年に漱石や私の祖父が生まれたということは、それほど遠い昔ではない気がします。ベトナム戦争の最中、全寮連の結成が行われたと思います、駒場寮で寝ていると、平田さんがお起しに来てくれて、ベトナムが爆撃されたぞ、と知らせてくれたことを覚えています。ベトナムは、枯葉剤モニュメントを寄贈するという写真家中村梧郎氏の活動を支援する会に参加できたのです。ホーチミン廟は長蛇の列で、彼の顔を1メートル位の距離で拝みました。リンカンは、その起居していた家、彼の墓園にも行きました。巨大なオベリスクが彼の銅像とともに設置され、棺もみました。リンカンに興味を覚え、彼の評伝を図書館から借りて読んでいる最中、『波浮の港』が届きました。私は、リンカンと貴方という二人の弁護士の話を同時進行で味わうことができました。

ちょうど今朝『波浮の港』と『リンカン伝』を読み終えましたので、感想と近況報告兼ねて、メールさせて頂きました。

最後に、アキヒロ　ミチオ　氏を　読み込みましたので、追記いたします。

愛と希望を人々に論じて蹊を地に成せる　大島の人

あきひろみちお

14　Iさん

『波浮の港』をご恵贈下さり、ありがとうございました。早速拝読致しました。とても、感動的な文章でした。気持ちを整えるべく、しばしば、本を机に置いて目をつぶりました。幼少のころからの自分史・家族史を、記憶も鮮明にこころ暖かく描かれたと感服しております。写真も豊富で、ご兄弟、みなさん美人・美男揃い、お名前が出るたびにおひとりお一人の写真と比べながら、拝読しました。ご家族・友人への思いが伝わってきました。

木星号の件、自殺者の件など、子供心にちょっと怖い記憶として残っている事柄の現場に貴兄がおられたとのことも新鮮な驚きでした。正直もうしまして、貴兄が大島ご出身だったことは迂闊にして存じ上げませんでした。秋廣平六という方も存じ上げませんでした。

私は大島にも、そのほかの伊豆の島にも行ったことがありません。20年程前、「社会労働運動史」を講ぜよと言うことで法政に移りましたとき、法政の大原社研の蔵書を利用しながら、ヨーロッパや日本の社会主義運動の歴史を二部（夜学）の学生たちに話しました。日本の社会主義運動では幸徳・大杉・堺について話しましたが、幸徳では「地租全廃論批判」（『萬朝報』１９０３年）にある共同体論にも触れました。彼が伊豆の（どこかの）島と稲取の共同体に強い関心を寄せていたことがとても印象的でした。小生は、なぜか伊豆の島とは大島かと勝手に思い込んでいましたが、今回貴兄の文章を拝見して、今一度確認してみましたところ、大島ではなく御蔵島と稲取でした。小生の記憶違いでした。また、駱駝の話しが出て参りましたが、これもずっと前のことですが、日本人のアラブ認識を示す一つではないかということで、童謡「月の砂漠」を調べてみたことがあります。もともと千葉とも深い繋がりをお持ちだとのことですので、きっとご存知かも知れませんが、御宿にこの歌の碑があります。作詞者の加藤まさお（１９２３年作詞）のインタヴューなどを調べていましたところ、彼は一度も外国に出たことがないそうで、ご自分のイメージであれを作詞されたとのことでした。既にこの歌詞への「批判」があって、アラブでは月の夜に王子王女が砂漠を歩くことは全く考えられないし、水は羊の革袋に入れて運ぶもので、金や銀の瓶なんかだったら瓶はすぐに割れてしまうとのことでした。大島の駱駝から全く脈絡のない連想を書き連ねましたが、貴兄の文章を拝見して、そんなことなど全く知る由もない駱駝たちの表情を想像していた次第です。自分史と18世紀半ばの先達の方をつなげる作業にご令閨とともに取り組まれるやに拝見いたしましたが、完成の際には是非読ませて頂きたいと思っております。末筆ながら、ご健康をお祈りしつつ、印象深い好著をお送り頂きましたことに厚く御礼申し上げます。

15　Kさん

この度、先生の著書「波浮の港（花伝社）」をお贈り頂き、まことにありがとうございます。貴重な御本をめくりながらふと蒼き時代のことを思い出しました。

伊豆大島は私にとっても思いで深い処です。朝鮮大学校の教員をやりはじめて数年後の頃、数十人の学生たちを引率してこの島に初めて学外実習（歴史及び地理実習）に出かけました。まだ三十代の頃です。（その後も空路を含み数回大島に渡っています）

……波浮港から北に程近い筆島を眼下に望む絶壁上に白く大きな十字架があり、その傍らには祠がある「オタイの浦（オタイネの浜）」には何度も足を運びました。

ある時などは秋だったにも関わらず学生たちと一緒にパンツひとつで海に入り、泳いだこともあります。このジュリア・オタイネの碑（李氏朝鮮の貴族の娘でキリシタン大名の小西行長の養女となり、洗礼を受けてキリシタンとなった）を現地に訪問して日本と朝鮮の歴史を学びもしたものです。また三原山の外輪・内輪山走行を行い、三原の火山活動の観察を行いました。そこには三原山特有の三方から吹き付ける強風によってできる火山砂・小石の「三稜石」（△の形をしています）、噴火の歴史を見事に示す火山灰断層、ラバートンネル等、今でもその場面が鮮明です。特に関心を持ったのは三原山の火山活動は韓国の済州島の火山・漢拏（ハンナ）山のそれと酷似していることでした。

同行する教授の話によると大島は活動時の温度が相対的に低かった（火山弾、火山石等が黒い）等、火山活動史において済州島の縮図のようなものという解説は印象深く、親近感を醸し出したものでした。先生の著書が久しぶりに過ぎし日々の記憶を蘇させたみたいです。……長々と乱筆、失礼しました。

これからも先生の御活躍をこころから祈念しています。

どうかご自愛なさいますように。

16　Yさん

前略　ごぶさたしていますが、ご活躍の様子　大慶に存じます。さて、先般の貴書「波浮の港」ご恵与いただき誠にありがとうございました。
届いた日のうちに妻が読んでしまったようでした。妻は京都の小さな出版社の編集の仕事をしていたことがあり、活字好きなのですが、風呂上がり髪を乾しながら読み出すと、あまり面白いので、寝るのを忘れて読んだということです。井上ひさしの「むずかしいことをやさしく　やさしいことをふかく　ふかいことをおもしろく」の言葉を思い浮かべたといっていました。信州育ちですが、同時代に育った者として共感できることが多く、島の自然と生活に深く親しみを感じることができたようでした。

私の方は、相変わらず地域の生活協同組合運動にかかわり数年前から理事長ということで、大阪北部二十数万所帯のくらしの助け合いネットワークとして、食の安全・安心を掲げて活動しています。丁度、本年度上半期の終わりその総括や地区別総代会議などでバタバタしておりました。また、来年四月に隣接のコープこうべと合併ということもあり、結構、多忙なボランティア活動をしています。

歴史と地域性の異なる生協の合併をなめらかに進めるため、「21世紀は自然界でも人類文明でも多様性の共存共栄が試される時代」などと主張し、生活文化でも組合員生活でも多様性の尊重が大切だと訴えて進めているところです。

このような中で貴書を拝読し、様々な子どもの気持、心遣いなどを通して、島の文化にふれ、妻の感想をきくなどしていると、各地の風土や文化の特殊性についても、人々の思い出、経験の普遍性を通して、認識されることによって、より深く親しみをもって理解されるのかな、と感じたりしています。

「平六の不思議　幕府を動かす力」については、確かに興味をそそられました。ぜひ、今後の解明を期待しております。「波浮の港を愛する会」の御発展を祈念しております。季節の変わり目、皆様呉々もご自愛くださいますよう。　匆々

17　Bさん

肌寒さが身にこたえる季節になりました。

先日は貴重な本を送って頂き、ありがとうございました。楽しく、なつかしく読み進めております。少し前に、俳優の土屋嘉男さんの「思い出株式会社」という本を読み終えたばかりで、何か不思議な縁を感じました。彼は山梨の、大島風に言うなら、やはり「ダンナゲー」の育ち。海ではなく、山に川に遊んだことが綴られています。お二人の共通点（土屋さんは一世代上ですが）は、子供時代実に生き生きと大自然の中で過ごされたこと。そして、それをただ懐かしむだけでなく、現在の自己を形づくりゆるぎない礎を成していると言っておられること。平和な社会であることの尊さを主張しておられること。等を感じました。秋廣さんの本はまだ読んでいる最中ですが、この後も楽しませて頂きたいと思います。今の子供達が、大自然の中で遊べなくなった治安の悪さにも思い巡らせながら拙い感想とお礼の言葉とさせて頂きます。最後に続編もぜひお考えください。お身体を大切に。

18　Sさん

拝啓　立春も過ぎましたが寒い日が続き〝春は名のみの風の寒さや……〟の唄を想い出す季節ですが秋廣先生お変わりなくお元気でご活躍のご様子、心からお喜び申しあげます。大変にご無沙汰しておりますが私も相変わらずバタバタと走り回っておりますが元気に過ごしております。光陰矢の如し！　時の流れのあまりの早さに目が回る思いです。

さて、昨年は感動のご著書「波浮の港」を上梓されましたこと誠におめでとうございます。また、ご恵贈を賜りありがとうございました。すぐにお礼をと思ったのですが、目次をパラパラと見た時に、これはキチンと読んでからお祝いとお礼を書こうと何故か思いました。そして、読み進むうちに、年賀状でも書いたと思いますが〝ヤラレタ！〟おかしな表現ですね（笑）と思いました。実は私も四十代の頃から自分の貴重な子供時代の体験や島の習しなどなどを何かの形で残したいと思いつつ結局何も出来ないままこの年まで来てしまっています。

伊豆大島とは比較するのもおこがましい遙か遠い南海の小島（沖縄県伊良部島いらぶ）で生まれ小学校卒業まで過ごしましたがあの島で生まれた幸運を年を取るに従い強く感じ

自分の運の強さを素直に喜んでおります。宮古島の中学校に入る為（親の仕事の関係で）島を出たのが中学1年生の時ですが島で電燈がつくのは、私の家（造り酒屋）だけテレビを初めて見たのは高校二年（中学2年の旅行は自分の生まれた島に行きました（笑））の修学旅行で那覇に行った時であの感動は今でもきのうの事の様に思い出されます。

電燈（電気）の無い島での月夜のすばらしさや中学生（島には高校生は居ない）の先輩達が夜這いを決行している間、外で見張り役として心臓が飛び出て来るような思いで身を潜めていた情景等々こうして先生への手紙を書きながらも胸が高鳴ります。

先生の「波浮の港」を読んで（とりあえず二回読みました）私が最も共鳴するのは、先生と子分の史郎ちゃん、六ちゃんの関係です。史郎ちゃんのあだ名の「三原の史郎」の由来には思わず大笑いしていまいました。（私もその昔あだ名付けの名人と言われましたので……。）私も六ちゃんと同じく美空ひばりが大好きで何と夢の中ですが私の姉さんになってくれたことがあり（私は男ばかりの四人兄弟です）50年以上立った今でも鮮やかに覚えています。何故かひばり姉さんはモンペ姿でした。秋廣弁護士の誕生の陰には2人の子分とビン窃盗事件があったんですねェ。私も小学校の屋根裏密行や床下に潜って床板から女の先生のスカート覗きの常習者でした（笑）見つかって良く教室の雨戸の戸袋に閉じ込められ今でも閉所恐怖症？　なのはその時の後遺症かも知れません。第19章の「史郎ちゃんを語る」は、ニンマリと大笑いで読めましたが、第17章の「六ちゃんの劇的な再会」は、ステージ？　も国立だし臨場感もあり、涙してドキドキしてバンザイして最後にはホロッと来ました。実は私にも「一郎」と「健ちゃん」の二人の子分がいて今でも島を守ってくれています。一郎は人徳者で長く村（町）役場に勤め現在は部落の区長さんです。健ちゃんは気の弱い泣き虫でしたが現在は宮古島の大実業家として活躍していて年に数回は島に帰ってオトーリ（酒盛り）をしています。

「大阪の叔父さん」の章はつらくて二読目は飛ばしました。第13章の「闘病生活」は私も22才ですが肋膜炎↓肺結核↓脊椎カリエス（手術）と3年間の闘病生活を送りましたので良く解ります。病気にならなければ税理士Sは誕生せず銀行員で4年前にリタイアし今ごろは確実にボケていたでしょうね、と口の悪い家内に冷やかされます。

先生も学校の先生にも非常に恵まれた様子ですが私も中学3年生の担任だった大山高春先生（一昨年10月8日永眠）との出会いが無ければ今の自分はありません。どのページも私にとっては全て納得できいとしい気持ちで読みました。大変失礼に当たるかも知れませんが伊豆大島で中学校まで過ごし東京大学法学部を先生が極められたのは花伝社平田社主のご指摘のように偉大なる秋廣平六の子孫であるという密かな誇りが大きな力となったのでしょうね。遠くない将来、波浮の港を見下す秋廣平六の像に会いに行きます。

お父様は平時の波浮の町では器が大き過ぎたかもしれないですね。先生のお母様を語る時の口調は思わず読者が微笑まずにはいられない情景になります。ほんとに気品のある美しくやさしいお母様だったことが良く解ります。

〇　　　〇

一気にここまで書いて時計を見ましたら午前様になっていました。書いた本人が気恥ずかしいので読み返さないでこのまま投函いたします。思いのままを書いてしまいましたので失礼の段、多々あると思いますが乱筆乱文も合わせてお許しください。申し訳ございません。最後になりますが、秋廣先生のますますのご健勝とご活躍をお祈りつつペンを置きます。貴重なご著書を上梓され、ほんとうにありがとうございました。私の大切な蔵書とさせて頂きます。

2月13日夜半

II

私の平六伝

波浮の港の子ども時代の思い出を書いて、これを花伝社社長「平田勝」氏に見て頂いたところ、同氏は、「君は貧しい子ども時代と書いているが、秋廣君の育った環境は、当時の同世代の者から見ると大変恵まれた環境だったと感じる。それは、経済的というより、精神的な環境という意味で恵まれていたと思う。その大きな要因は、秋廣平六の子孫だったということではないだろうか」との指摘を受けた。

私もつらつら考えて見ると、平六の子孫に生まれたことは、私にとって大きな誇りであった。平六の子孫であったことの恩恵を受けていると思うことがあり、これに感謝し、いずれは、私なりの平六伝を書きたいと思っていた。しかし、江戸末期の平六のことを書くとなると、その資料の収集、解読、分析も含め、未だ、現役の弁護士の身では、心許なく、自信も全くない。特に、平六伝については、かねがね、早稲田大学の自由舞台で脚本を書いていた私の兄の亮治（亮ちゃん）がうってつけであり、是非是非書いて欲しかったのであったが、亮ちゃんは、残念ながら平成二〇年三月に他界してしまった。

五年くらいの時間をかけてじっくり資料の分析等をして、私なりの平六伝を書いてみようと思ってはいるが、前記平田氏の指摘も受けて、私の脳裏にある平六像を書いてみようと思い、書き綴ってみた。

1　波浮中学校の校歌

波浮中学校は、私が卒業した昭和三四年に大島町立第三中学校に合併され、廃校となった。私たち、昭和三四年卒業生が波浮中学校の最後の卒業生となった。その波浮中学校の校歌は「風晴れて　煙静かに　空にたつ朝……」で始まり、その三番には「……平六の古き昔を　今も人は説く」とある。この校歌を歌うたびに、ひょうきんなある同級生はいつも私の方を指さし、揶揄するような、誉めるような仕草をしたものであった。この校歌は、土岐善麿作詞、芥川也寸志作曲のもので、テンポもよく、現代的でその歌詞も重厚さがあった。この校歌は、学校行事でしばしば歌われたので、中学生の頃は、いつも、自分は平六の子孫であると自覚させられたものである。

2　見晴らし台の平六像

波浮の港を見下ろす西北の場所は、昔から見晴らし台と呼ばれ、港と港を行き来する船が一望に見える格好の場所であった。観光客は勿論であるが、波浮の人も港を見ながら、一休みする場所であり、ゆったりと船が行き交う様は、格別なものがあった。

その見晴らし台に、平六像が、昭和四八年に建立された。その顔は面長で、しっかりした面構えであったが、その格好は、遠く生まれ故郷の房総半島を左手でかざし、右手は指で港を差しているのであるが、漫画のシェーを思い出させる格好から、「シェーだ、シェーだ」と言ってかつての同級生からからかわれたものであった。故郷に自分の先祖の銅像が建立されていることは、大きな誇りであるが、最初の頃は、「しょうしい」(恥ずかしい)という感じでまともに見ることはできなかった。

3　平六のお墓

平六の墓は、本家の自宅のそば、旧墓と呼ばれていた場所に、東京都の史蹟とされ、現在も存在している。この場所は、小高い丘のような場所で、冬になると葉が落ちて、海が一望できるところであった。旧墓と言われるように、以前は、波浮港村民の共同墓地があったが、上水道の給水タンクを設ける為、昭和三〇年頃、村民のお墓は全て、新しい墓

見晴台の平六像

平六の墓

地に移転したのであった。しかし、平六と三代目の墓だけは、そのまま、残されたのである。

この平六の墓には、参道のような小道があり、ご年輩の方々は、その前を通ると、必ず一礼したと聞いたことがあるが、私はその姿を見た記憶はない。

私の兄の亮ちゃんは、この平六の墓について、面白いことを言ったことがあった。それは、一代目の平六夫婦の墓石より、三代目の夫婦の墓石の方が大きいのは、どうしてなのか疑問だというのである。これは、未だに謎となっている。しかし、最近ある方から示唆を受けた。3代目は岡田の川島家（大家・オーヤ）から婿として秋廣家に来られて、秋廣家を再興した豊之助であり、平六生誕の地の千葉県木更津市の植畑にある本田寺には、3代目の豊之助により仏壇が奉納されていた。その話を知ってなんとなく納得した。

4　君津市植畑にある平六生誕の地の碑

ある日、千葉県君津市植畑にあるゴルフ場「ジャパンＰＧＡ」の社長さんが、私の法律事務所を訪ねて来られた。要件は、「このゴルフ場は、東京タワーを経営する会社が作ったものであるが、その親会社がこのゴルフ場の会社更生手続の申立をし、一般会員を犠牲にして、自己の債権を回収し、しかも、隣接する関連子会社のゴルフ場に身売りする危険がある。会員の立場で、協力してくれないか」というものであった。私は、他にも会員の立場で、ゴルフ場の会社更生事件、民事再生事件に関与しており、この種の事件は、多くの会員の意見の調整に相当の労力を要し、継続的に真剣に取り組まなければならない為、精神的にも肉体的にも苦労が予想されるものであるから、出来れば、他の有能な弁護士に相談して欲しいと一度はお断りした。ところが、その社長さんは、二度目に訪ねて来られた時、「秋廣先生、この写真の碑は、秋廣先生の先祖ではありませんか」とおっしゃり、数枚の写真を見せてくださった。この写真にある碑は、「秋廣平六生誕の地」というもので、昭和五〇年に君津市の有志の方々が、昭和四八年に波浮の港に建立された平六像に触発されて建立した顕彰碑であった。私は、先祖との不思議な縁を感じ、これは、先祖が私を呼んでいるに違いないと素直に思い、この事件をお受けすることとなった。

その後、事件の打ち合わせの為このゴルフ場に行くたびに、この顕彰碑を訪ねることとなったのである。

この顕彰碑は、こんもりした小高い森の、石段を登った丘の上にあり、地元の集会所の脇にあった。どなたかがいつも掃除や手入れをしてくださっていると思われ、綺麗になっていた。

5　妻康子の古文書の勉強

私の妻康子は、学生時代中世史を専攻していたこともあって、昔から古文書への関心があったようだ。勉強を始めるきっかけの一つは、兄のはるちゃん（明彦）から古文書学習の本を貰ったことのように記憶している。その後、佐保君（日比谷高校・東大の友人）から柏書房の貴重な辞典等を頂いたりして、少しずつ勉強を始めていたようだったが、古文書勉強の決定的な引き金は、秋廣家の総領である平八郎氏の自宅で、平六自筆の和紙にかかれた日記様の古文書を見た時ではなかったかと思う。その古文書を見て、むらむらと古文書解読の意欲が湧いてきたのではないかと推測している。

その後、ＮＨＫ学園の古文書講座に通い始め、これがもう五年以上続いている。自宅は、古文書関係の勉強の資料がところ狭しと置かれ、はまってしまったという言葉がぴったりの様子である。

6　富津の方との不思議な出会い

ＮＨＫ学園のオープン講座の不思議な出会いについて、妻康子自身が次のように書いている。

「私は一昨年より国立にあるＮＨＫ学園オープン講座にて『古文書』を学んでおります。毎年八月初旬の三日間夏期集中講座が行われ、全国から約三〇〇名もの方々が参加します。今年も、八月四、五、六日の朝十時から午後四時まで古文書を学ぶ講座が行われました。一日目、二日目は三教室に分かれ、それぞれの講師により、古文書の勉強をいたしました。初日に、思いがけない出会いをさせて頂きました。一杯となった教室で、たまたま相席させて頂いた方が、『秋廣平六』を研究されていた方（菱田忠義氏）の奥様でございました。

お互い知る由もなく、お声をかけさせていただいたところ、『どちらからですか？』『古文書との出会いは？』等々のやりとりがあり、『私は伊豆の大島波浮港……』と言いかけましたところ、『えっ、秋廣平六さん？』と驚きの声を発せられたので、私もびっくりしまして『えっ?』『こんなことってあるのですね』と言う次第で三日間ご一緒致しました」

これは、妻康子が平六との不思議な縁(えにし)を感じた決定的な瞬間であったと思う。

この妻康子からの手紙を読んだ兄亮ちゃんは、康子に「あなたの先祖から流れる血を感じました。私は弟から何も聞いていませんが、あなた自身が運命的なものを感じておられるのではないかと推察致します。どうかゆっくり歩んでください」と手紙を書いている。

7　菱田忠義氏のこと

菱田氏は、千葉県富津市の名家のご出身の方で、高等学校長を歴任し、退職後は、郷土史の研究に没頭された顕学の方である。『西上総の史話』など郷土の偉人を分かりやすく書いた本があるほか、『重城保(じゅうじょう・たもつ)日記、全10巻』など本格的な古文書研究をされた方でもあり、その奥様が、NHK学園オープン講座に毎年参加されていたのである。木更津信用金庫発行の「しんきん・たより」には「ふるさとの窓」というコラムがあり、それに菱田氏は「大島波浮の港開さく者秋広平六」という記事を書いておられる。

その文章の中に「近藤重蔵の子富蔵の書いた有名な『八丈実記』には『江戸商人櫛屋平六、伊勢屋庄次郎という町人』とあるから、(平六は) 櫛屋としてツゲの木を求めていたのかもしれない」と書かれ、菱田氏が広く文献を渉猟していることが伺われる。又、菱田氏の先祖は、富津港で「十分の一税」を取り立てていた改め所の武士の子孫で、その研究もされている。

8　私の心の中の平六像

畑中雅子さんという千葉県の郷土史研究家の方がいる。この方は、川崎製鉄の関係会社に勤めておられたことがあり、私の従兄弟水上進氏と知り合いの関係で、一度、平六の七代目の総領である秋廣平八郎氏宅に御案内したことがあった。畑中さんは、郷土が生んだ偉人の平六に大変興味を持って、研究しているという。特に、どうして江戸時代に千葉の山間部の若者が太平洋に浮かぶ大島の波浮港を開くに至ったのか、驚き、不思議に思っているとのことであった。

私は、喜んで、平八郎氏宅にご案内した。平八郎氏も、この奇特な研究者に好意を持ったようで、いろいろ平六や波浮港にまつわる資料を開示してくれた。その中で、特に、私も興味を持ったものがあった。それは、平六直筆の日記用のもので、和紙に墨で書かれていた。

相当、虫に食われて穴が沢山開いていたが、歴史の重みを感じさせるものであった。その中には、平六は、浅草に伊豆諸島の海産物等を販売する店を持っており、間口、奥行きの長さなど書いてあった。特に、印象深く感じたのは、北海道や樺太の絵地図が自筆で書かれていたことである。平六が小笠原諸島などの無人島探検への強いロマンを持っていたことは知っていたが、まさか、樺太まで探検しようと現実に考えていたとは、驚きであった。

その後、畑中さんは、「夢と愛に生きた男　秋広平六」という文書をまとめ、送って頂いた。これは、畑中さん自身の「夢と愛」を平六に託して描いたと言うべきかも知れないもので、従来の平六像とはひと味違った人物像を提示しており、私は大変啓発されたのである。その畑中さんの描く平六像に、私が大島の生活の中で温めてきた平六像を重ねると、平六とはこのような人だったと私は思う。

底知れない冒険心

畑中さんは「(平六は) 無人島探索の願書を寛政一〇年 (一七九八年) 迄に三回も (幕府に) 提出しています。未知のものに対する彼の強い好奇心、探求心、あこがれは並大抵のものではなかったのです」と書いている。

平六は、波浮港開港後も、北海道や樺太などの探検を現実に考えていたようであるから、大変スケールの大きな好奇心である。平六は、何故、このような好奇心を持ったのであろうか。

その進取の気風

江戸末期の時代でも、無人島探検は命がけの仕事だったようである。畑中さんは「(幕府の指示による) 無人島探検でも、乗組員には出発直前まで極秘とされ」「無人島探検を知らされると乗組員は大騒ぎとなり、『万一の時は、残された家族の面倒を幕府が見る』という条件でしぶしぶ出帆した」という趣旨のことを書いている。これに引き替え、平六は何らの見返りも求めず、自らの意思で無人島探検を志願するというのであるから、相当肝の据わった男だったと言えるだろう。

その経済感覚

平六は、幕府の役人の伊豆諸島見分に案内役として採用され、その過程で、八丈島では、炭焼技術の指導をし、御蔵島では、炭焼技術の指導の他に、柘植（つげ）の木の栽培、加工、搬出の改良指導を行っている。生まれ故郷植畑には、ジャガイモ（平六芋と言われた）の普及もしている。しかし、平六は、これらの技術指導にさほどの対価を求めず、島民や村人の生活向上を心から願っていたようである。畑中さんは「（御蔵島の島民から炭焼きや柘植の栽培等指導を感謝され）平六に同行した炭焼き指導の技術者は、一年に一〇両の給金が支払われたが、平六は食料のみ世話になったが、金銭は受け取らなかった」「島民が感謝し、柘植の原木三〇本や鰹節を送るとの申し出も、高価過ぎるとして断った」と書いている。そして「平六は、将来、『もし無人島の探索を実行する時があったら、その費用の一部を御蔵島物産の売上金から補助する』という島民全員の印鑑を押した書類は喜んで受け取りましたが、江戸に帰ると幕府の役人を通じて返却しています。自分の利益を好まず、何よりも島民の幸せを願う心を感じますね」と書いてくださっているのである。

平六は、当時江戸では一番の浅草に伊豆諸島の海産物等を販売する店舗をどのようにして構えることが出来たのか？　その蓄財はどのようにされたのか？　考えれば考えるほど、不思議である。

その人脈

平六が、植畑の村を出奔し、最初に縁が出来たのは、大伝馬町の庄次郎という商人で義兄弟のちぎりを結んでいる。その庄次郎の広い人脈や経済活動を通じて、伊豆下田に出て、伊豆諸島の無人島探検に若き情熱を燃やすこととなり、幕府役人の案内人として採用されたことから、幕府の医者であり、幕府薬剤所の所長でもある所謂、本草学者の「田村玄長」に仕えるようになった。ジャガイモは、この玄長から下賜されたようである。平六は、植畑にいる頃、土窯半兵衛という人から炭焼き窯の技術を教わったようだ。私は、庄次郎・玄長・半兵衛の三人が平六に決定的な影響を与えたのではないかと推測している。

特に、土窯半兵衛は、相模国足柄下郡鍛冶村の人であることが知られているが、従来の炭焼き窯に改良を加え、上質の木炭製造を指導した人であった。

平六は、このような優れた人との出会いで、商法、農耕技術・製造技術等を学んだと同時に、この人達から、民を幸せにする方法、精神を深く学んだのではないかと思うのである。

ところで、私の兄の亮ちゃんは、私の家内の康子が古文書の勉強を始め、平六の古文書に興味を持っているとの手紙に丁寧な返信をくれた。その中に「先祖の出自について、二通りあると考えています。一つは、三浦半島の三浦一族の出身者、二つは、房州の川奥に明治以降、山窩《さんか》と呼ばれるようになった非農耕民の子孫の二つです」という大胆な仮説を立てていた。私は、この土窯半兵衛に、三浦一族と山窩の強い影を感じるのであるが、それは今後の勉強に委ねたいと思う。

平六の不思議　幕府を動かす力

平六は、波浮の池の開削工事を時の幕府に願いでて、経費総額九八八両もの援助を頂き、これを成功させる。この経費は、当時の蝦夷開拓資金から出費されたと言われている。

寛政一一年（一七九九年）四月、平六は勘定奉行石川左近将監忠房の邸に召出され、大広間で、絵図面、仕様書、見積帳面を前に尋問に答え説明し、工事一式引受人を仰せつかったのである。この石川忠房侯の御子孫、中井博・和子御夫妻が桐生におられ、平六没後200年祭に、波浮港にお出で下さったのである。本当に稀有な歴史の巡りあわせであった。

この九八八両というお金は、現在の価格では、一〇億円位に相当する金額であろうか。このような大金を一農民のしかも村抜けの者に、どうして、幕府は出すことができたのであろうか。常々大変疑問に思っていた。

その疑問を追うことにより、平六の人脈・幕府を動かす時代背景が明らかになってくるように思われるが、それも、今後の勉強の大きな課題と思っている。

私の乱暴な推測は、このお金が、蝦夷開拓資金から出たという事実が、一つのヒントではないかと思う。当時、北海道から伊豆諸島まで頻々と出没したロシアの軍艦、鯨を追って小笠原諸島あたりまで出没していたアメリカの鯨船のことは、幕府は勿論、平六を取り巻く人々は知っていたと思われる。太平洋に浮かぶ小さな島の池のような場所を時代の大きな流れの中に位置づけることが出来たことが、幕府を動かした時代背景ではないか。その一番の知恵袋は、「田村玄長」その人ではないかというのが私の仮説である。

新しい村の建設

畑中さんは、「平六は、湊工事と併せて波浮の土地の開拓をする大構想を展開します。

……波浮の入り江に近い二町歩余を開発して近隣の漁民の二・三男で土地を所有していない者を移住させ一〇〇軒の人家をたてたい……『新しい村建設』の許可申請には、……平六の親類の広大な土地が質地として差し入れられ、うまくいかない時は取り上げられることになっていたのです」「やがて、港の崖の上に、土地を持たない島の次男、三男などを入植させました。必要な費用は平六の負担です。最初の入植者は、平六の姉の息子秋広伝吉で、後に七人株と呼ばれる野増村の吉村権八、玉置甚八、吉本紋助、菊池次郎兵衛、秋田五郎作、八丈島樫立村の秋野与助と三宅島阿古村の沖山吉五郎の七軒が入植しました」と書いている。

そして、畑中さんは、「私は、過去に繰り返し押し寄せた悲惨な飢饉の惨状を見たり、聞いたりするたびに、平六の心は痛んだと思います。常に民衆を愛した彼は、『飢える人のいない理想の村』の建設を夢見ていたのではないでしょうか」と平六の心の軌跡を描いてくれた。

私の平六像

だれの心にも深く息づいているものがある。それは、弱い者、虐げられた者に対する憐憫となんとかしてあげたいという衝動である。

平六の生き様をかい間見ると、その途轍もない冒険心の背景に、貧しく、飢饉にさいなまれていた生まれ故郷の姿があるように思われる。命をかけた、自己の人生をかけた行動のエネルギーの源泉は、自己の名誉栄達や利己的金銭欲ではなく、民の為に生きようとする深い思いがあるのではないか。そのことを平六の姿に見るのである。

私は、父博が私の五歳の時に他界したことから、明確な父親像を持たないまま青年期を過ごしたように思う。その中で、私が唯一父親の影を見てきた叔父義之氏は、晩酌の時、気持ちが高揚すると「地球の一画に自分の爪痕を残すような生き方をしろ」と何度も何度も言ったものであった。私は、この言葉は、平六の言葉として今でも忘れない。

●平六略伝

秋廣 平六（あきひろ へいろく、一七五七年―一八一七年）は、江戸時代末期に東京都大島町（伊豆大島）の波浮港を掘削して開港し、新しい村波浮港を開いた人である。

上総国周准郡秋元村（現・君津市植畑）に生まれ、一〇歳の時に市宿村の秋広家の養子になり、二二歳の時に禁令を破り、村を出て、江戸大伝馬町の利兵衛店、庄次郎のところで木材や薪や炭の取引に従事したという。そして、一七八一年、庄次郎と伊豆諸島の無人島探査願を幕府に申請し、伊豆諸島を廻ることができたと言われている。そして、一七九〇年、幕府の医官田村玄長の薬草調査の為の案内人として伊豆大島に来島する。

一七九六年、波浮の池は浅く、その入り口は満潮の時しか船の航行ができなかった為、港の開削を幕府に建議し、一七九八年五月に工事の見積を積算し代官に願書を出した。彼の強い意志と協力者たちの熱意により幕府は開削を許可した。一八〇〇年三月に着工し、同年八月に竣工し、波浮港が巾着型の現在の姿となった。風待ち港として栄え、大島発展の礎を築いた。

その後、平六は庄次郎と蝦夷地に渡航を企図し、木材商として活躍し、一八一七年に六一歳で没した。その墓（東京都旧跡指定）は波浮港の上の山にある。昭和四一年（一九六六年）、その功績により大島町名誉町民の称号を贈られる。

あとがき

私が育った「波浮の港」は、「磯の鵜の鳥や日暮れにゃ帰る　波浮の港は夕やけこやけ明日の日和はやれほんにさ　凪るやら」と中山晋平作曲・野口雨情作詞で、佐藤千夜子の歌で知られた、江戸時代末期に開削された「風待ち港」です。

この歌は、「波浮の港」の美しい夕景と同時に、鵜の鳥が帰る温かい巣と明日への希望を歌ったものです。

大島は、東京都でありながら「伊豆大島」と呼称されるのは、伊豆の稲取から約二〇キロメートルの至近距離にあり、歴史的にも、伊豆半島と関係が深く、明治時代は、静岡県に属していたからでしょう。

「波浮の港」は「大室出し」という世界有数の漁場に恵まれ、戦前戦後にかけて、日本全国から集まった漁船が幾重にも繋がれ、一時は人口比で、遊女とタバコ屋の数が日本一、土地の値段も日本一といわれるほどの隆盛を極めたことがありました。

農業でも、島の人は努力と工夫を重ね、ホルスタイン牛の品評会で日本一に輝いたこともあったそうです。

巾着形の美しい天然の良港「波浮の港」には、明治、大正、昭和にかけて、与謝野鉄幹・晶子など名だたる文人墨客が訪れ、貴重な文学作品や絵画などを残しています。

しかし、時代の大きな変動の中で、「波浮の港」は、現在では、過去の栄光を忍ぶよすがも、日々失われようとしているのが偽らざる現状です。

私は、波浮に居住し、波浮の再興を願い、「博古館」建設など自費を投じて、献身的に努力されている金子勇氏の生き様に心を動かされ、波浮港を再興しなければと心から思うようになりました。

そこで、金子勇氏など多くの方の協力で、波浮港を新たな形で次世代に残し、「波浮の港」の再生・復興を支援するため、平成一六年一月に「波浮の港を愛する会」を設立しました。現在は、NPO法人となっており、私は、その理事長を拝命しております。

この本を作るに至ったのは、そのような訳で、多くの方に波浮港の思い出を読んで頂き、自然豊かなこの島・この波浮港を知って頂き、慈しんで頂きたいとの思いからです。

誰にでも、幼い頃の様々な思い出と貴重な経験があると思います。その忘れかけた思い出・貴重な経験を改めて考え、心豊かな人生を送って頂きたいというエールのつもりでこの本を書いてみました。

この本を出版するにあたり、貴重な大島の写真を提供して頂いた「大島町町長室」の方々、大島までわざわざ出向き貴重な水彩絵を書いてくれた日比谷高校以来の友人飯野守夫氏、ユニークなスケッチ絵を描いてくれた漫画家の野坂恒氏に心から感謝申し上げます。

とりわけ、この私のつたない思い出の出版の着想に注目して頂き、このような本にまで仕上げて頂いた花伝社社主の平田勝氏に感謝いたします。同氏は、常日頃、出版人として『匿名への情熱』を心密かにお持ちのようで、あとがきに名前を出すことも辞退されているようですが、敢えて、感謝の意を表する次第です。

新版　あとがき

二〇一〇年一〇月に初版「波浮の港」を出版して、一〇年がたちました。一五〇〇部印刷して頂いた「波浮の港」は、私の手元に一冊残るだけとなりました。

本来「五年くらい時間をかけて……私なりの平六伝を書」くと自分に言い聞かせた手前、既に、平六伝は出来ていなければならない筈でしたが、資料を渉猟しているうちに一〇年もの時間が経ってしまいました。平六伝の執筆は諦めてはおりませんが、これは私の一生の仕事となると思っております。

私が新版「波浮の港」を改めて出版しようと思いたったのは、「第22章　皆さんの感想文から」でも触れましたが、約四〇〇通もの感想を兼ねたお礼状を頂いたことでした。このお礼状に対し、心からお礼を言わなくてはと思いつつ、日を重ねてしまいました。お礼状への感謝の気持ちを伝えたくて、感想文を掲載した出版を花伝社にお願いすることとしたのです。併せて、初版「波浮の港」の間違った箇所の訂正やどうしても触れたいことも追加することにいたしました。そのなかには、「父と母の往復書簡（ラブレター）」「英郎兄さんのこと」があります。

今は、まさに新型コロナウイルスの世界的感染のまっただ中にあります。人類がこの世紀的な課題に直面している現在、自然との調和のとれた生活のあり方を考えなければならないという切羽詰まった時代に突入しているのではないかとの思いがあります。

波浮の港での私の少年時代のつたない物語が、自然と共存する私達の生活のあり方に何らかの意味があればと願っています。

新型コロナウイルスの感染のなかで、気持ちが萎えかかっている私達に明るい話題を提供してくれたのは、ほかならぬ巨人軍に入団した秋広優人選手でした。同選手はれっきとした「秋広平六」の末裔であることをお伝えし、同選手の活躍を期待してあとがきといたします。

最後に、新版「波浮の港」の出版を手助けして頂いた平田勝社長及び担当して頂いた近藤志乃さんに心から感謝申し上げます。

波浮の港を愛する会

NPO 法人「波浮の港を愛する会」は、平成 16 年 1 月、波浮の港の再興を願い、次世代によき波浮の港を残す為、設立され、平成 18 年 8 月正式に認可されました。

波浮港にゆかりのある文人墨客である、林芙美子・与謝野鉄幹・晶子・井上円了・宮川哲夫などの文学碑が、現在 40 基建立され、文学の散歩道として、関心を集めています。その後、水平線から出る日の出、沈む夕日を望める丘にある「鉄砲場」の建設、波浮港の町並み保存などの運動を進めています。

尚、メールアドレスは habuminato@habuminato.jp ホームページは http://www.habuminato.com です。

秋廣道郎（あきひろ みちお）
昭和 18 年 12 月 12 日、伊豆大島波浮港に生まれる
波浮小学校・波浮中学校卒業
都立日比谷高校、東京大学法学部卒業
衆議院法制局入局
昭和 47 年 4 月〜49 年 3 月　司法研修所
昭和 49 年 4 月　第二東京弁護士会弁護士登録、中川法律事務所勤務
平成 1 年 3 月　新橋レンガ通り法律事務所を開設
平成 13 年 10 月　六番町総合法律事務所を設立
平成 26 年 10 月　九段坂総合法律事務所を設立し、現在に至る。

連絡先
〒 102-0073
東京都千代田区九段北 1-3-5 九段北一丁目ビル 5 階
九段坂総合法律事務所
電話　03-3515-8640　　FAX　03-3515-8643
E-mail　akihiro@kudanzaka-law.jp

新版　波浮の港

2021年 5 月10日　初版第 1 刷発行

著者—— 秋廣道郎
発行者— 平田　勝
発行—— 花伝社
発売—— 共栄書房
〒101-0065　東京都千代田区西神田2-5-11 出版輸送ビル2F
電話　03-3263-3813
FAX　03-3239-8272
E-mail　info@kadensha.net
URL　http://www.kadensha.net
振替—— 00140-6-59661
装幀—— 佐々木正見
印刷・製本 — 中央精版印刷株式会社

ISBN978-4-7634-0965-2 C0036